《文心雕龙》通识

周兴陆 —— 著

中华书局

图书在版编目(CIP)数据

《文心雕龙》通识/周兴陆著. —北京:中华书局,2025.6. —(中华经典通识/陈
引驰主编). —ISBN 978-7-101-17108-2

Ⅰ.I206.2

中国国家版本馆 CIP 数据核字第 2025N6X228 号

《文心雕龙》通识

著　　　者	周兴陆
丛 书 名	中华经典通识
主　　编	陈引驰
丛书策划	贾雪飞
责任编辑	黄飞立
装帧设计	毛　淳
责任印制	管　斌
出版发行	中华书局
	(北京市丰台区太平桥西里38号　100073)
	http://www.zhbc.com.cn
	E-mail:zhbc@zhbc.com.cn
印　　　刷	天津裕同印刷有限公司
版　　次	2025 年 6 月第 1 版
	2025 年 6 月第 1 次印刷
规　　格	开本/880×1230 毫米　1/32
	印张 9　字数 140 千字
印　　数	1—4000 册
国际书号	ISBN 978-7-101-17108-2
定　　价	66.00 元

编者的话

经典常读常新，一代有一代的思想，一代有一代的解读。"中华经典通识"系列丛书，邀请当今造诣精深的中青年学者，为读者朋友们讲授通识课。希望通过一本"小书"，轻松简明地讲透一部中华传统经典。

本系列丛书由复旦大学陈引驰教授主编，每本书的作者都是该领域的名家，他们既有深厚的学养，又长于深入浅出，融会贯通。每本书都选配了大量相关的图片，图文相生，能增强阅读的趣味性。

希望这套丛书，能成为人们了解中华传统文化的可靠津梁。

目　录

《文心雕龙》与中国文学 / 001

一
刘勰与《文心雕龙》

① 刘勰及其思想与时代 / 008
② 《文心雕龙》对前代文论的继承与
基本态度 / 017
③ 《文心雕龙》的结构、特点和宗旨 / 024

二
文之枢纽五论：
从《原道》到
《辨骚》

① 道沿圣以垂文，圣因文以明道：
文的本源与关键 / 030
② 奇文郁起，其《离骚》哉：
"酌奇玩华"的创作原则 / 044

三
论文叙笔二十篇：
从《明诗》到
《书记》

① 诗有恒裁，思无定位：
简明诗歌史 / 064
② 有韵者谓之文 / 091
③ 无韵者谓之笔 / 107

四
剖情析采二十四门
（上）：作家作品与
时代社会

① 物色与神思：

自然万物与创作心理 / 141

② 才性异区，成务为用：

作家才性与作品风格 / 157

③ 性各异禀，贵乎时世：

文学与时代 / 173

五
剖情析采二十四门
（下）：向刘勰学写作

① 遣词造句 / 192

② 布局谋篇 / 208

③ 修辞立诚 / 228

六
《文心雕龙》的后世
影响与经典化

① 知音其难哉：

刘勰眼中的"读者" / 253

② 开源发流，为世楷式：

《文心雕龙》的典范地位及

在海内外的影响 / 258

后记 / 273

《文心雕龙》与中国文学

　　中国以文化立国，文字、文章，是中华文明的重要载体；文明、文德、文治、文学、文教、文化，是中华文明的重要内容。一个中国人的成长，就是接受中华文化熏习陶冶的过程。而文学，无论从个体成长、群体交往，还是到国家的治理和社会组织的运转，都发挥着重要的作用。

　　中国文学起源甚早，远古歌谣可追溯到传说中的唐尧虞舜时代。大约在公元前 600—前 200 年之间，则出现了老子、孔子、孟子、庄子、荀子等伟大的思想家，思考人与天地自然的关系，探索人类的历史处境、文化命运和未来前景，实现了中华古老文化在思想上的超越和突破，进入一个崭新的、更高的境地。代表性成果是五经和诸子著作，奠定了中华文化的基础，持续型塑着中国人的精神气质。

　　秦世不文，乏善可陈。汉代是中国文化一个新的辉煌时期，确立了大一统的政治结构和儒家思想意识形态的稳固地位，文学也很发达：儒生整理经典，章句训诂；史学著作出现了司马迁《史记》和班固《汉书》两部巨著，确立了后世正史的书写规范和体例；成一家之言的诸子之风依然在延续，有陆贾《新语》、贾谊《新书》、扬雄《法言》、刘向《说苑》等，但已不能越世高谈，自开门户了；辞赋和散文在汉代均取得了光辉的成绩，是汉代文学的代表。

自东汉后期的建安年间起，儒家独尊的局面难以维持，思想趋于多元，人的个性精神得到舒展，文学也蓬勃兴盛，进入了新的黄金时期，抒情性、审美性和个人性风格大为增强，被誉为"文学的自觉时代"。魏晋南北朝既是中国文学的一个崭新阶段，也暴露出严重的问题：文学沦为上层贵族吟风弄月之具，缺少社会关怀；帝王身边的文学贵游缺乏真切的现实感受，多是为文而造情，以靡丽华艳的辞藻掩盖内容的空虚。病态的文坛亟待从理论上得到根本的医治，正是在这种情况下，出现了刘勰《文心雕龙》这部理论巨著。

刘勰指摘文坛积弊尤为深刻。《文心雕龙·序志》论晚近文学风尚曰："去圣久远，文体解散，辞人爱奇，言贵浮诡，饰羽尚画，文绣鞶帨，离本弥甚，将遂讹滥。"浮诡，即虚浮不切实，乃至奇诡怪诞。饰羽尚画，文绣鞶帨，都是比喻文采太过分。刘勰不仅指陈弊端，还提出从根本上扭转文风的途径——"矫讹翻浅，还宗经诰"，即宗法儒家经典。

其实，文学批评几乎是与文学同时产生的。早期的经典中就有关于文辞的论断，如"辨物正言，断辞则备"（《易传·系辞下》），"辞尚体要，不惟好异"（《尚书·毕命》）。言辞是用来辨明事物的，应该切实扼要，不应只是追求奇异。《诗经》的一些诗篇明确地交代创作动机，如《小雅·四月》曰："君子作歌，维以告哀。"先秦诸子更是无法回避谈论言辞、文章等问题，孔子、孟子、荀子，甚至老子、庄子，都有一些重要论断，可以称得上伟大的文论家，对后世文学产生了巨大的影响。

自曹丕《典论·论文》和陆机《文赋》之后，论文的专篇专著大量涌现。文章和文学，成为士人生活的重要内容，也是士人的重要话题。正如刘知几《史通·自叙》所言："家有诋诃，人相掎摭，故刘勰《文心》生焉。"刘勰充分接受前代的文学理论遗产，关注时代问题，贯穿百氏，折衷群言，成其一家之言。

虽然前代已经出现了不少论文之作，但在刘勰看来，曹丕、曹植、应玚、陆机、挚虞、李充等的论文之作，均存在各种缺点。"不述先哲之诰"，没有确立宗经的根本法则；"无益后生之虑"，对于指导后人写作没有帮助。

而他的这部《文心雕龙》，篇幅最为庞大，体系最为严整。其立论，本道征圣，标举五经；其结构，纲举目张，条贯严整。评文章则溯源别流，品藻得失；论文心则阐幽发微，剖析渊奥。可谓切中时弊，深得文理。《四库全书简明目录》因此称"其书于文章利病，穷极微妙"。

《文心雕龙》成书后，被奉为"作者之章程，艺林之准的"（明人张之象语），对后世文学与文论产生了深远的影响。清人孙梅说："自陈隋下讫五代，五百年间，作者莫不根柢于此（指《文选》和《文心雕龙》），呜呼盛矣。"（《四六丛话》）《文心雕龙》的许多论断是针对骈体文而发，在骈体盛行的时代，它理所当然地被尊为金科玉律。即使在宋元以后，刘勰的许多理论思想也得到人们的继承、发挥和修正；特别是经过近现代学人的阐发，《文心雕龙》的理论已融入中国近现代文学理论批评之中。

大体来说，刘勰《文心雕龙》的理论观念对后世文学与文论的影响表现在这样几个方面：

一、刘勰秉承荀子、扬雄的相关论述，确立了原道、征圣、宗经的中国文学本体论。原道，既探源文章本于道，也提出"圣因文以明道"。后世古文家论文，均主张"文原于道""文以明道"，虽然对"道"的理解各不相同，或指儒家义理，或指现实关怀，或指社会生活规范，但"文以明道""文以载道"是中国人论文的基本信条。

二、刘勰非常重视文体，以五分之二的篇幅论述三十余种文体，强调"设文之体有常""体必资乎故实"，要遵循前代典范的文体规则，对于突破体制规范的现象往往斥为"谬体""讹体"，只主张在文辞气力上创新。中国文学中的文体学非常发达，"遵体"是文学创作的重要原则。宋人倪思说："文章以体制为先，精工次之。失其体制，虽浮声切响，抽黄对白，极其精工，不可谓之文矣。"（王应麟《玉海》引）得体，合乎体制，是文之为文的决定性因素，这是中国人普遍认同的文学观念。当然，古人既讲究辨体、遵体，又主张变体，在体制上推陈创新，这是对刘勰文体理论的发展和突破。

三、刘勰接受陆机《文赋》的有益滋养，对文学创作的心理活动作出了较为深切细致的阐发。西方传统文论是不大谈创作心理的，而刘勰作为一个文章高手，对创作之甘苦有真切的心得体会。《文心雕龙》的《神思》《养气》《体性》《风骨》等篇阐发文学创作的心理活动，以及作家情性个性与文章风貌的关系，对后世文学创作论和风格论有深远的影响。如魏晋时多以"风骨"论人，刘勰则首先以"风骨"品文。明人杨慎批点《文心雕龙》说："此论发自刘子，前无古人。徐季海移以评书（指唐人徐浩《法书论》），张彦远移以评画（《历代名画记》），同此理也。"（《四六法海》引）对作家才性的认识，刘勰也是有贡献的。曹丕论作家，只看到先天才气的决定性意义，刘勰则提出才、气、学、习，兼顾先天与后天的因素，更为全面。唐宋以后更强调作家的胸襟识见和生活阅历，认识上升到新的层次。

此外，刘勰关于声律、对偶、用典、比兴、夸饰、篇章等具体文章创作以及时代如何影响创作、读者如何鉴赏与批评文学等问题的论述，对后世文学与文论都有深刻的影响，其思想观念已深深融入中国文学的历史长河中。

后代许多读书人珍视这部论文巨著，用心研读，从中领会作文的奥秘。明人朱谋㙪弱冠之年，"日手抄《雕龙》讽味，不舍昼夜"（跋《文心雕龙》）。清人张松孙说："故历唐宋元明，为《艺文志》不祧之目；直比经史子集，为弦诵家必读之书。"（序《文心雕龙》）清人谭献对于此书"童年习熟，四十后始识其本末，可谓独照之匠，自成一家"（《复堂日记》）。近人傅增湘称："《文心雕龙》一书，论文章之流别，为词苑之南针。文人学士，诵习不衰。"（跋《文心雕龙》）

《文心雕龙》这部书，古人誉之为"艺苑之秘宝""作者之指南，艺林之关键"，用今天的话说，是一部"作文宝典"。虽然时移世易，但汉语文章的基本法则是古今相通的。今天的读者同样可视之为"述作之金科，文章之玉尺"（明人顾起元语），从中汲取作文知识，提高写作水平。

一 刘勰与《文心雕龙》

1. 刘勰及其思想与时代

公元 500 年前后的世界，欧洲的西罗马帝国结束，上古时代终结，古典文明衰落，以首都君士坦丁堡为中心的东罗马帝国崛起，开始进入了漫长的中世纪。此时的亚洲东方，中国南北政权对峙，建康（今江苏南京）与长安（今陕西西安），分别为南北两个政治经济文化中心，江南清绮，河朔贞刚，分向发展，演绎乱世悲歌。此时的欧洲有一位智者波爱修斯，在监狱中撰著一部《哲学的慰藉》，思考人生的终极问题，畅销欧洲近千年。在中国，南京定林寺也有一位智者刘勰，撰著一部指导文章写作的书《文心雕龙》，千余年来被奉为艺苑之秘宝，滋养了一代代学子的文心。

刘勰，字彦和，祖籍东莞莒县（今属山东日照），约生于公元 465 年，时当刘宋后期；经历宋、齐、梁三朝，约卒于梁武帝普通年间（520—527）。刘勰祖辈早在西晋末年的北方战乱中就同中原大家族一起，渡过长江，侨居江左。他家寓居京口（今江苏镇江），祖辈曾参加刘裕举兵讨伐桓玄的战争，建立军功，由此起家，在刘宋时家族较为显赫。他的父亲刘尚，在刘宋时任越骑校尉，是地位较高的武官，秩二千石，可惜在刘勰年少时就去世了。

刘勰早孤，家境贫寒。当时南京定林寺著名僧人僧祐造立经藏（"经藏"为释迦牟尼诸弟子所传述释迦在世时的说教及后来佛教徒记录释迦牟尼言行的著作），到江南招录贤才，刘勰大约刚弱冠就被招入定林寺，依僧祐居处十余年，主要的工作是整理佛经，区别部类，加以序录。这十余年整理佛经的工作，培养了刘勰系统思维和理论辨析的能力。他三十多岁时能写出《文心雕龙》这样一部空前绝后、体大思精的著作，应该是得益于年轻时长期的思维训练。书中少量运用的"圆照""般若"等佛学词汇，都是整理佛经留下的思维痕迹。

但此时刘勰的思想是属于儒家的。他天赋异禀，七岁时就"梦彩云若锦，则攀而采之"（《序志》）。刚过而立之年，"则尝夜梦执丹漆之礼器，随仲尼而南行"（同上）。据说东汉末的郑玄、蜀汉的谯周都梦见过孔子。曹魏时的著名玄学家王弼注《易》时，也曾梦执漆器随孔子南行。丹漆之礼器，指竹制的笾、木制的豆等祭祀时盛祭品的器具。孔子曾周游列国，到过卫、曹、宋、郑、陈、蔡、楚等鲁国南方之地，传播仁德，广施教化。

日有所思，则夜有所梦。梦是人的强烈愿望在潜意识中的显现。《论语·述而》曰："子曰：甚矣吾衰也！久矣吾不复梦见周公！"周公姬旦，辅佐武王，克殷建周，摄政当国，致政成王，不仅是周朝的缔造者，还制礼作乐，更是儒学的奠基人。孔子一生崇敬周公，致力于继承和发扬周公之道，晚年感叹很久没有梦见周公，可见在盛壮之年是经常能梦见周公的。刘勰而立之年，在南京定林寺整理佛经，梦见的不是释迦牟尼，而是孔子，可见儒家学说对他的巨大吸引力。他这部《文心雕龙》就是立论于儒家思想之上的。

自汉武帝"罢黜百家，表章六经"（后世表述为"罢黜百家，独尊儒术"）后，儒家思想成为国家意识形态，儒学趋于一尊。魏晋时期，玄学盛行，儒学有所衰落。到了刘宋的文帝元嘉十五年（438），朝廷设立儒学、玄学、史学、文学四馆，儒学逐渐受到重视。南齐武帝时，儒学兴盛。《南齐书·刘瓛陆澄传论》载："永明纂袭，克隆均校，王俭为辅，长于经礼。朝廷仰其风，胄子观其则。由是家寻孔教，人诵儒书，执卷欣欣，此焉弥盛。"永明（483—493）是南朝齐武帝萧赜的年号，当时刘勰很年轻，二十来岁，朝野上下重视儒学，对他是有直接影响的。但这个时期的儒学，与东汉儒学有了很大的不同，是玄学化的儒学，即儒玄合一，甚至儒玄佛也有融合的倾向。儒学重名教，名为名分，教为教化，即礼义制度、道德规范。名教与自然相对，魏晋时期嵇康等人"越名教而任自然"，不遵守儒家规定的那一套礼义规范，任性而行，做出许多越礼之举，为礼法之士所不容，招致杀身之祸。稍后，向秀、郭象等人不得不向强权低头，提出"名教即自然"，即那一套礼义规范是符合人的本性，顺应自然的，消解了名教与自然之间的冲突，这是名教的自然化。刘勰《文心雕龙》也体现出儒家之道与自然之道的调和，把人文之道追究到自然之道，把对偶、音律等人文特性归结为自然本性。

刘勰梦见了孔子，显示他有在江南发扬和宣传圣人之道

（唐）孙位《高逸图》

上海博物馆 藏。该图目前只留存四位魏晋高士，从左到右依次为阮籍、刘伶、王戎、山涛，充分表现出"越名教而任自然"的魏晋风度。

的愿望。他本想发明圣人的意旨，在经学上有所成就，但东汉马融、郑玄等经学家已经是珠玉在前，很难超越他们而自成一家；因此转而从事于探究文章写作的道理，写了这部立意在指导文章写作的著作《文心雕龙》。刘勰算不上经学家，在经学的文字训诂、义理阐释上都毫无贡献。但是他见识高卓，远超当时一般文士的见识，论文章而确立"原道""征圣""宗经"的原则，也算是"敷赞圣旨"，将圣人论文的思想发扬光大了。

儒家思想是中国文学理论的根基。重视文治、文化、文明、文德、文教，是儒学的传统。孔子就非常重视文学，《论语》记载孔门四科曰德行、言语、政事、文学，孔门四教曰

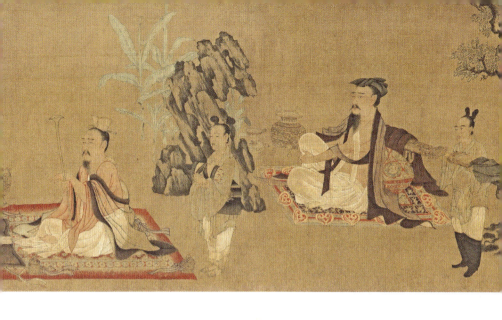

文、行、忠、信，都包括文（文学）。当然这里的"文""文学"指的是先王典文，而非今天意义上的文学。儒家重视礼乐文化、文明教化与传承。《荀子·性恶》曰："化师法、积文学、道礼义者为君子；纵性情、安恣睢，而违礼义者为小人。"是否接受文明教化，是区分君子与小人的一个重要标准。刘勰说："唯文章之用，实经典枝条，五礼资之以成，六典因之致用，君臣所以炳焕，军国所以昭明。"（《序志》）文章的作用是很广大的，它是经典派生出来的枝条，一切的礼义制度都需要借文章来确立，借文章来发挥作用。君臣上下礼义、军国大事，都要依靠文章来加以明确。因此他致力于论文，并没有违背当年的梦想。

刘勰撰著成《文心雕龙》后，未为当时人所称许，他心有不甘，主动干谒"当世辞宗"沈约，自我推销，得到了沈约的

（清）改琦《孔子圣迹图》之"圣门四科"

赏识。沈约在当时执文坛之牛耳，王筠、刘显、刘孺等许多文
人都是因他的推重而享盛名。刘勰于梁武帝天监初，起家奉朝
请（一种定期参加朝会的闲职），步入仕途，一般认为是得到了
沈约的举荐。

后来，刘勰在梁朝先后做过中军临川王萧宏的记室（掌章
表书记文檄）、车骑仓曹参军，出为太末（今属浙江衢州）令，政
有清绩，实践他"奉时以骋绩"的抱负。晚年的刘勰有两件事
值得提出来：

一是皈依佛门。他曾上表言南北二郊祭祀应该用蔬果代

替牺牲，被朝廷采纳；后受敕再入定林寺撰经证；"功毕，遂启求出家，先燔鬓发以自誓。敕许之。乃于寺变服，改名慧地。未期而卒。文集行于世"（《梁书·刘勰传》）。完成整理佛经的任务后，他请求出家，意志坚定，得到了梁武帝的许可。清人钱大昕说："刘彦和序《文心雕龙》，自言梦见宣尼，而晚节出家，名慧地。可谓咄咄怪事！"（《十驾斋养新录》）出家后没一年，他就去世了。刘勰卒年已难确考。范文澜考证卒于普通元、二年（520、521）之间，年五十六七岁。

二是任昭明太子萧统的东宫通事舍人。东宫，太子所居，当时太子是萧统。通事舍人，掌呈奏案章。一朝天子一朝臣。东莞刘氏凭借武功在刘宋时崛起，在萧齐时失势衰落，至梁代齐祚后，像刘勰这样有文才的人得到起用，是在情理之中的事。刘勰比萧统大三十多岁，昭明太子爱好文学，非常亲近刘勰。刘勰后来迁任步兵校尉，"兼舍人如故"。《梁书·昭明太子传》说萧统"引纳才学之士，赏爱无倦。恒自讨论篇籍，或与学士商榷古今；闲则继以文章著述，率以为常。于时东宫有书几三万卷，名才并集，文学之盛，晋、宋以来未之有也"。萧统爱好文学之士，身边的文学侍从有殷芸、陆倕、王筠、王

《六臣注文选》书影

中华再造善本影宋建州本

锡、到洽、刘孝绰、庾肩吾、张缅等，也包括刘勰。萧统还召
集身边的文士编纂了一部影响深远的《文选》，通常称为《昭
明文选》，编纂的年代现虽无法确考，但学界普遍认为编成于
刘勰去世的普通二年（521）之后，刘勰并未参与《文选》的
编纂。但既然刘勰深受萧统的赏爱，那么他的《文心雕龙》在
萧统及其文学侍从中流传，也是可能的，因此对萧统编纂《文
选》应当有一定的影响。《文选》所选作品共分三十八类，《文
心雕龙》的文体论部分提到的文体有三十三类，二者大多数是

相同的；刘勰《文心雕龙》中所评述的诗文，大部分都入选《文选》，是具有代表性的名篇佳什。具体的文学思想也多有相同，如刘勰和萧统都重视儒家思想，重视抒情、写景和状物之作，都主张文质彬彬，重视辞采之美。但是《文心雕龙》和《文选》在文学观念上也有差异。《文心雕龙》除了论列诗文以外，广泛涉及经、史、子；而《文选》专录单篇的诗文，少量收入史书"论赞"类作品。刘勰论作家重视"成务"才能，论文章重视经世功能；萧统则强调"以能文为本"和"入耳之娱""悦目之玩"（《文选序》）。刘勰较少提及宋、齐作家，而《文选》大量地收入宋、齐甚至梁代的作家作品。

2.《文心雕龙》对前代文论的继承与基本态度

刘勰之所以致力于论文，还有一个原因是当时文坛的问题太严重。在他看来，当时的文章写作，内容空虚，辞采华艳，就像在孔雀羽毛上再加文饰一样，作家爱好新奇，崇尚浮华怪异，导致文体法度都荒废了。

中国文学的发展，到了六朝特别是宋齐梁时期进入了一个新的阶段。作家多为出身世家大族的文学贵游，是环绕在帝王公室周围的文学群体，从汉末"建安七子"到晋初"二十四友"，再到"竟陵八友"，皆是如此。他们身份显贵，审美趣味贵族化，崇尚华靡采丽、繁缛富艳。他们的文学创作，体裁以诗、赋、骈体文为主，内容多表现怜风月、狎池苑、述恩荣、叙酣宴、清谈雅集、应和酬酢的贵族生活。在体裁、技法和语言艺术上追求奇巧，竭力趋新，极大地提高了语言艺术的表现力，激发出人们对文学艺术的审美追求，在文学发展史上具有不可忽略的意义。但是，"感于哀乐，缘事而发"的现实主义精神暗淡了，慷慨以任气、磊落以使才的豪情消逝了，文学离普通人的生活和情感更远了。因此，后代对六朝文学普遍没有好感，李白甚至说过"自从建安来，绮丽不足珍"这样过激的话。而最早对六朝文学提出批评的，是置身其中的刘勰。

刘勰撰著这部《文心雕龙》，就是要纠正当时不良的文风，而且他要从根本上扭转，提出"矫讹翻浅，还宗经诰"，宗法五经，来纠正浅薄而错误的创作倾向。这是刘勰论文很可贵的一个特点。理论不能是虚空的悬想，不能是闲暇的谈资；对现实具有咬合力的理论才是有意义的，能够直面现实并矫正现实问题的理论才是有力量的。中国传统里有生命力的文学理论批评都是针对现实问题而发的，点出症结，指明出路。如白居易创作讽谏社会矛盾的新乐府诗，使"权豪贵近者相目而变色矣""执政柄者扼腕矣""握军要者切齿矣"（《与元九书》），这就是有力量的理论。严羽《沧浪诗话》说江西诗病，"真取心肝刽子手"，也是有力量的理论。刘勰《文心雕龙》的理论力量就来自切中时弊，开出药方。

其实在刘勰之前，已经出现了一些论文著作，如曹丕《典论》有《论文》，是中国最早的文学理论专篇，其中提出"文以气为主""奏议宜雅，书论宜理，铭诔尚实，诗赋欲丽""文章经国之大业，不朽之盛事"等命题，最早提出"建安七子"并予以评论，这些都对后世文章产生了深远的影响。由吴入西晋的陆机撰作《文赋》，以赋体论文章写作，探讨如何解决"意不称物，文不逮意"的问题，是最早的文学创作论。由魏入西晋的挚虞《文章流别集》是最早的文章总集，其中的《文

余每觀才士之作竊有以得其用
心夫其放言遣辭良多變矣妍
蚩好惡可得而言每自屬文尤見
其情恒患意不稱物文不逮意蓋
非知之難能之難也故作文賦
以述先士之盛藻因論作文之利
害所由他日殆可謂曲盡至於操
斧伐柯雖取則不遠若夫随手

（唐）陆柬之书《文赋》局部

台北故宫博物院 藏

章流别志论》辨析各种文体的特征。东晋李充撰《翰林论》三卷，褒贬古今，斟酌利病。

前代的这些文论成果为刘勰提供了丰富的思想理论资源，刘勰多次引用、辨析他们的观点。在刘勰看来，前人论文往往用力于某一个方面，视野不够宏通，探究不够彻底，"各照隅隙，鲜观衢路"。他批评曹丕《典论·论文》"密而不周"，曹丕把文章创作完全归因于作家先天的才气，的确不够周全；刘勰认识到后天的学、习对于创作的意义，提出才、气、学、习，论述得更全面。曹植撰《与杨德祖书》非常自负，在刘勰看来是"辩而无当"，如曹植书信中提出"辞赋小道，固未足以揄扬大义，彰示来世也"，显然是片面之论。鲁迅在《魏晋风度及文章与药及酒之关系》中就指出这大概是曹植的违心之论，曹植文章做得好，可以大言不惭地说文章是小道，他的人生目标在于政治方面，政治方面不得志，于是就说文章无用。陆机文才高妙，能用赋体论述写作之道，但在刘勰看来是"巧而碎乱"，谈得精妙，文辞却琐碎零乱。刘勰的《神思》《情采》《定势》等篇也是论写作之道，充分吸取陆机的观点而加以引申发展。在刘勰看来，近代之论文者虽然很多，但是不能振叶以寻根，观澜而索源。他所谓根与源，指儒家五经。论文而能宗经，才是追根穷源的探本之论。

刘勰对前代的论文著作非常熟悉，大量引述自周公、孔子以来历代学者的相关论述，引证的原文有的已亡佚，依赖此书残存一二；但他并没有淹没在前人的理论中，而是弥纶群言，研精一理，有自己独立的见解，用今天的话来说，刘勰是有理论自信的。他在《序志》篇中说："有同乎旧谈者，非雷同也，势自不可异也；有异乎前论者，非苟异也，理自不可同也。"如果所论有与过去一致之处，那是因为道理本来就是如此，英雄所见略同；如果有与过去所论不一致的地方，那是因为认识的分歧，不可不加以辨析。不是故意求同，更不是标新立异。明末清初的李渔也说："文章者，天下之公器，非我之所能私；是非者，千古之定评，岂人之所能倒。"（《闲情偶寄》）与刘勰可谓异代知音。

写作文章，研究理论，都应该持有这种公正的态度，不能逞其私臆，攻讦、陷害别人。天下自有公道，议论道理应该通达天下人的怀抱，不能邪说曲论。刘勰提出"擘肌分理，唯务折衷"的态度，细致深入地剖析道理，努力做到持论中正不偏激。折衷是中国人的思维方法，调和适中，不偏颇，不走极端；但也不是各打五十大板，公说公有理，婆说婆有理，这是平庸的乡愿，不是折衷。刘勰决不乡愿，而是

有立场，有锋芒的，如
对曹丕、曹植兄弟的评
价，世人都扬植抑丕，
在刘勰看来，"未为笃
论"。他品评曹丕，"虑
详而力缓，故不竞于先
鸣；而乐府清越，《典
论》辩要；迭用短长，
亦无懵焉"。意即曹丕
考虑问题更周详，笔力
迟缓；但曹丕的乐府诗
清新激越，《典论》论
述扼要，兄弟二人各有

（唐）阎立本《历代帝王图》之魏文帝曹丕

美国波士顿艺术博物馆 藏

短长。他分析世人为什么会扬植抑丕："文帝以位尊减才，思
王以势窘益价。"世人的普遍心理是同情弱者，给予曹植以格
外的偏爱。但这不是公正的文学批评态度，所以他予以纠正。
从这个例子就可以看出什么叫"擘肌分理，唯务折衷"。这种
态度贯穿整部《文心雕龙》。

3.《文心雕龙》的结构、特点和宗旨

既然觉得前代论文著作关注的仅是局部问题，很少从大处着眼、纵论全局，那么刘勰撰著这部《文心雕龙》就要从大处着眼，从根本做起，既鸟瞰全局，又深入骨髓。的确，全书凡十卷五十篇，是当时体量最大、论述最深入、内容最丰富的论文著作。全书结构大致是这样的：

前五篇《原道》《征圣》《宗经》《正纬》《辨骚》，是"文之枢纽"，即文章的关键，论述文章最根本的问题。

从第六篇《明诗》到第二十五篇《书记》，论述各种文体，今曰文体论。

从第二十六篇《神思》到第四十九篇《程器》，论述的是撰写文章的各种具体问题，如创作心理（《神思》《养气》《物色》），作家才器、才性与风格（《体性》《才略》《程器》），作文遵体与变化（《定势》《通变》），如何谋篇布局，如何讲究声律、对偶、用典，如何运用比兴、夸张、隐秀，如何选字，避免瑕疵，等等。

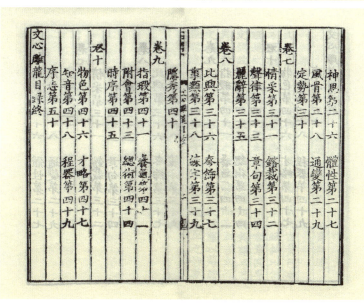

文心雕龍目錄

卷一　原道第一　徵聖第二　宗經第三

正緯第四　辯騷第五

卷二　明詩第六　樂府第七　詮賦第八

頌讚第九　祝盟第十

卷三　銘箴第十一　誄碑第十二

哀弔第十三　雜文第十四

卷四　諧讔第十五　史傳第十六　諸子第十七

論說第十八　詔策第十九

卷五　檄移第二十　封禪第二十一　章表第二十二

奏啓第二十三　議對第二十四

卷六　書記第二十五

卷七　神思第二十六　體性第二十七

風骨第二十八　通變第二十九

定勢第三十　情采第三十一　鎔裁第三十二

聲律第三十三　章句第三十四

麗辭第三十五

卷八　比興第三十六　夸飾第三十七　事類第三十八

練字第三十九　隱秀第四十

卷九　指瑕第四十一　養氣第四十二　附會第四十三

總術第四十四　時序第四十五

卷十　物色第四十六　才略第四十七　知音第四十八

程器第四十九　序志第五十

文心雕龍目錄終

元至正十五年嘉兴郡学刻本《文心雕龙》目录

上海图书馆 藏。这是目前可知最早的《文心雕龙》刻本，是明清以来各种版本的祖本。

最后一篇《序志》，是作者的自序，早期书籍的自序往往是在卷末的。

从文章写作须遵循的基本纲领，到具体而微的毛目细节，方方面面，这部书都论述到，难怪清人章学诚称赞这部书"体大而虑周"（《文史通义·诗话》）——体系庞大，思虑周全。鲁迅把它与亚里士多德《诗学》相提并论，称它"解析神质，包举洪纤，开源发流，为世楷式"（《诗论题记》）。王元化则把刘勰《文心雕龙》与黑格尔的《美学》并列，认为它们都建构了严密的体系。的确，《文心雕龙》是有体系的著作。中国人品文论艺，往往三言两语，点到为止，很少给予细致的剖析，更少有人建构庞大而严整的理论体系，《文心雕龙》算是特例。这可能得益于刘勰长期在定林寺整理佛经、区别部类而得到的思维训练。

刘勰给这部论文的书命名曰《文心雕龙》，"雕龙"形容文章"以雕缛成体"。"文"本来就有文饰的意思，用汉字写作的文章非常讲究修辞雕饰，刘勰也重视辞章之美。"夫'文心'者，言为文之用心也"，这部书的主旨是阐明作者如何用心力写好文章。不论是前面的"文之枢纽"和文体论，还是后面论神

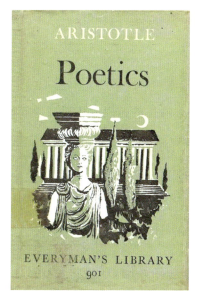

汉译世界学术名著丛书

美 学

第一卷

〔德〕黑格尔 著

亚里士多德《诗学》英译本书影　　黑格尔《美学》中译本书影

思、论情采、论文章技法等，都是围绕"为文之用心"这个宗旨。章学诚说："古人论文，惟论文辞而已矣。刘勰氏出，本陆机氏说而昌论文心。"(《文史通义·文德》)的确，文心玄妙，难以辞逮。司马相如就曾感叹："赋家之心，包括宇宙，总览人物，斯乃得之于内，不可得而传。"即使很多高超的文学家也是"能者不说"。陆机《文赋》最早对作家的创作用心给予深切探讨，为刘勰写作《文心雕龙》昌论文心作好理论铺垫。

刘勰这部书既述先哲之诰，阐述圣人和经典的教导；更希望"益后生之虑"，对后贤写好文章有所帮助，可谓用心良苦。

刘勰在当时就是一名文章高手，定林寺的一些碑铭就是他的手笔。他在《文心雕龙》中论述文章写作的道理，从根源谈起，总结前代两百多位作家的创作得失，探究汉语汉字和历来文章的特点，多匠心之言，甘苦之谈，切实可行。不仅针砭当时文坛的弊端，指出正确的道路；对于今天的写作者，不论是诗赋创作、公文写作，还是学生作文，都同样具有指导意义。

刘勰之所以孜孜不倦写作这部著作，除了少年梦想的激励、现实问题的感召外，还是中国人自古以来"立言不朽"的精神动力使然。

人类既非常伟大，又很可怜。说人类伟大，因为"宇宙绵邈，黎献纷杂，拔萃出类，智术而已"（《序志》），在广阔邈远的宇宙中，万事万物生生灭灭，纷繁复杂，但人类心灵最敏锐，智周宇宙，鉴察日月，能超越万物，如《荀子·王制》所说："水火有气而无生，草木有生而无知，禽兽有知而无义，人有气、有生、有知，亦且有义，故最为天下贵也。"刘勰赞颂人类"肖貌天地，禀性五才，拟耳目于日月，方声气乎风雷"（《序志》）。人类耳目聪明，是日月之象；气息像风，声音像雷。但是，人又很脆弱，生命短暂，形同草木之脆，草木还有再生之时，人则死去不复返。

如何超越生命的有限而进入永恒？古人提出"太上有立德，其次有立功，其次有立言，虽久不废，此之谓不朽"（《左传·襄公二十四年》）。周公、孔子等圣人创制垂法，博施济众，是立德；历代的明君贤臣拯厄除难，功济于时，可谓立功；诸子、史家与文士撰集史传，制作文章，传承文明，是立言。立德、立功、立言，都可以使人"名逾金石之坚"，超越肉身的死亡而传名于身后，进入永恒。在刘勰看来，"逐物实难，凭性良易"：向外追求功名利禄，受制于外在条件，是困难的；而建德树言，只须凭借自己的天性就可以做到，因此他致力于写这部《文心雕龙》，把智慧、心思与怀抱都凝聚其中，成一家之言。他感慨说，"文果载心，余心有寄"，如果文章果真能表达内心，那么我的心情也就有所寄托了。千百年来的中国文化史中，不乏《文心雕龙》的读者。今天我们捧读这部著作，听从刘勰指导写作，就是他的知音了。

二 文之枢纽五论：从《原道》到《辨骚》

1. 道沿圣以垂文，圣因文以明道：文的本源与关键

《文心雕龙》前三篇为《原道》《征圣》《宗经》，是"文之枢纽"，即作文的关键。原道，即探究文的本源，认为文本源于道，文是道的显现。征圣，即验证乎圣人，以圣人关于文的言论为作文原则。宗经，即以经典为宗，经典是后世各种文体的源头，各种文体都滥觞于经典，经典为后世作文确立了典范。道、圣、经三者的关系，刘勰概括为"道沿圣以垂文，圣因文以明道"（《原道》)，道通过圣人以文章（即五经）显明于世，圣人借用文章（五经）以彰显大道。

《原道》开篇曰：

文之为德也大矣，与天地并生者何哉？夫玄黄色杂，方

圆体分，日月叠璧，以垂丽天之象；山川焕绮，以铺理地之形：此盖道之文也。仰观吐曜，俯察含章，高卑定位，故两仪既生矣。惟人参之，性灵所钟，是谓三才。为五行之秀，实天地之心，心生而言立，言立而文明，自然之道也。旁及万品，动植皆文：龙凤以藻绘呈瑞，虎豹以炳蔚凝姿；云霞雕色，有逾画工之妙；草木贲华，无待锦匠之奇。夫岂外饰，盖自然耳。至于林籁结响，调如竽瑟；泉石激韵，和若球锽：故形立则章成矣，声发则文生矣。夫以无识之物，郁然有彩，有心之器，其无文欤？

明嘉靖二十二年佘诲刻本《文心雕龙》

中国国家图书馆 藏

这一段是中国的文学本质论。中国人的思维是从本源探究本质，不同于欧洲哲学的本体论把现象与本质对立起来。柏拉图认为理念才是真实的、永恒普遍的存在；感官所接触的现实世界只是理念世界的摹本或影子，是短暂的、变动的、不真实的；艺术是对现实事物的模仿，是模仿的模仿，与真理隔了三层，因此更是不真实的。这就把理念、现实、艺术三者对立起来了。

中国文化的思维方式则不同，是"仰则观象于天，俯则观法于地，观鸟兽之文与地之宜，近取诸身，远取诸物，于是始作八卦，以通神明之德，以类万物之情"（《周易·系辞下》）。象不离道，道寓象中，天下无象外之道。刘勰《原道》开篇这一段说，文是道的显现，道呈象，即是文。"文之为德"的德，可理解为与生俱来的性质，首句的意思是，文与天地并生，文的性质是很伟大的。道生天地的同时，就从无形无象的浑沌状态生出天象与地理。天象与地理，是道之文，所以说文与天地并生。天上的日月叠璧，地上的山川焕绮，是道之象，也即道之文。

人，顶天立地，与天地并立而三，参赞天地之化育。人是万物之灵，具有敏锐的心灵和深邃的智慧，是性灵所聚、五行之秀，为天地之心。人类有心理思维，自然地就有语言，有了语言就进一步形诸文字，产生文章辞采，这是自然而然的道理。因此人类的文章也是道之文。这是《原道》篇的主旨。刘勰说人"实天地之心"，今人对此似乎难以理解，但上引《周易》所言仰观俯察，"以通神明之德，以类万物之情"已说明这个道理。自然是浑沌无知的，一切的动物，即使最高级的动物，如果说有智慧，也局限在其本能范围之内，不能超越其感官世界。只有人类能超越感官而有知觉和理性，能将万物的情状、天地的规律彰显出来。是人类的心灵智慧，才使得天地万物走出黑暗浑沌，进入人文的明觉世界，赋予精神，获得意义，所以说人"实天地之心"。

清代田同之说："山川草木、花鸟禽鱼，不遇诗人，则其情形不出，声臭不闻。"（《西圃诗说》）王维《辛夷坞》诗曰："木末芙蓉花，山中发红萼。涧户寂无人，纷纷开且落。"大自然里自开自落的花儿不知道有多少，但这朵芙蓉花永远盛开在诗国里；是王维的这首诗，让生活在尘俗世界中的人们能欣赏芙蓉花的盛开和飘落，感悟宇宙自然的运化。如果没有诗，没

（唐）王维《江干雪霁图》（传）

日本京都大德寺高桐院 藏。王维被视为"文人画"的鼻祖，且有"诗中有画，画中有诗"之誉，但他的题名存世画作一般认为均是后世托名。

有文学，那个"涧户"就真的死寂了。诗歌让那寂静无人的涧户成为审美观照和凝思的对象。古人说，天地间若无文章，天地亦寂寞矣。从这个意义上说，人是天地之心，人文也是道之文。

刘勰进一步推演说："旁及万品，动植皆文。"龙章凤彩，呈现祥瑞；虎纹豹斑，展露雄姿。天上云霞之绮丽奇幻，地上草木之葱茏生机，胜过人间任何画家和锦匠的手艺。这是诉诸视觉的形文。风吹树林籁籁作响，泉水漱石细流潺潺，这是自然和谐的乐章，是诉诸听觉的声文。而来自人心情感之动的文章，则是情文。万物之象，即万物之文；语言文字是人的心声心画，即人心之象。这都是与生俱来，自然而然的，并非某种外在力量加上去的修饰。

刘勰这一段所论，揭示了文的本源，即源于道。人类之文与天地自然之文，都本源于道，是道的显现。这种思想贯穿《文心雕龙》全书，如《丽辞》篇论对偶说："造化赋形，支体必双，神理为用，事不孤立。夫心生文辞，运裁百虑，高下相须，自然成对。"天地间的事物多是对称的、相对的，日对月，山对水，朝霞对夕阳，春花对秋实，树叶和动物的肢体也多是对称的。刘勰据此自然现象而推论，用汉字写作的文章采用对偶，是自然成对，自然而然的。《夸饰》篇论夸张说："自天地以降，豫入声貌，文辞所被，夸饰恒存。"自有天地以来，就有了文辞上的夸饰。《声律》篇说："声含宫商，肇自血气。"人声包含有五音是与生俱来的。这些论断都指人文源自天道。

中国文化不把人与自然对立起来，而是强调人源于自然，合乎自然，顺应自然，复归自然，天人相合。刘勰所谓文源于道，符合中国古代天人合一的基本思想，契合中国文化理念和中国人的思维特征。后世论者多有呼应与发挥，如唐代权德舆《李公文集序》说："辰象文于天，山川文于地；肖形最灵，经纬教化，鼓天下之动，通万物之宜，而人文作焉。"李翱《杂说上》曰："日月星辰经乎天，天之文也；山川草木罗乎地，地之文也；志气言语发乎人，人之文也。"文章一词，在古代既可指天地之文，如郑玄曰："云汉之在天，其为文章。"（《毛诗·棫朴》笺）也可指人类之文，如《韩非子·解老》曰："道者……圣人得之，以成文章。"但是到了 20 世纪，由于受到西方的主客二分思维方式的影响，国人抛弃了过去的天人合一观念，对刘勰所论很不以为然，如鲁迅《汉文学史纲要》就称刘勰"其说汗漫，不可审理"。后来的各种《文论选》均不选《原道》篇。

今天重新来看中国文论的"原道"观，它是基于中国文化之天人关系的文学本体论，有其合理性和现实意义。虽然说人超出万类，是万物之灵，但人类毕竟是自然的一部分，人与自然相互依存，人的肉体生活和精神生活都离不开自然，与自然界紧密相联。人类可以利用自然，改造自然，但"人定顺天"，必须遵循自然规律，否则就会遭到自然的惩罚。过去人类高扬理性，自我膨胀，破坏自然，走向自然的对立面，也遭到了自然的制裁，生存环境日益恶化。现在到了我们重新思考人与自然关系的时候了。

中国传统文化认为，人文与自然之文都源于道。天开图画即江山，山川是天地最美的图画；"云霞雕色，有逾画工之妙；草木贲华，无待锦匠之奇"。自然美是最高的美，清水出芙蓉，天然去雕饰，是一切人为艺术追求的最高境界。即使在数字技术、人工智能发达的当下，自然之道依然是人类必须遵循的途径，天然之美依然是人类崇尚的审美理想。文源于道，人文源于天道。天道在人类社会里表现为人间的公理伦常，人文如果背离天道，必将走入穷途末路。即使像《金瓶梅》那样重在暴露的世情小说，也要彰显"善有善报，恶有恶报；天网恢恢，疏而不漏"的道理，张竹坡评它"体天道以立言"，即人文本于天道。

其实"文源于道"还有两层意思，刘勰没有提及，这里略加引申。

道生万物，人文化成天下。自从有了文字以后，人类的经验智慧不断积累，文明日益进步，创造出灿烂的文化世界。自从有了文字以后，人类就不再是自然淳朴的生存状态，而是通过不断地创造物质文化和精神文化，构筑了人类的文化史、文明史。从这个意义上说，与天道之生生不息一样，人文也是生生不息、化成天下的。

与天道一样，人文也具有强大的创生性，不仅创造了现实世界，还通过想象创造出永恒不朽的艺术境界，如陶渊明的桃花源、李白的桃花潭水、杜甫为秋风所破的茅屋、罗贯中的火烧赤壁、曹雪芹的大观园，等等，都是文艺创造出的"第二自然"。这样的"第二自然"看似虚幻，实则永恒，只要中华文化存在，这样的"第二自然"就永远存在。清代画家方士庶说："山川草木，造化自然，此实境也。因心造境，以手运心，此虚境也。虚而为实，是在笔墨有无间。故古人笔墨具此山苍树秀，水活石润，于天地之外，别构一种灵奇。或率意挥洒，亦皆炼金成液，弃滓存精，曲尽蹈虚揖影之妙。"（《天慵庵笔记》）不仅绘画，文学艺术也于天地之外别构一种灵奇，通过艺术想象，创造出灵奇之境。文艺与大道一样，创生天地，变化无穷。

金协中绘"三江口周郎纵火"

罗贯中创造的"第二自然"成了后世许多文艺作品的灵感源泉。

儒家有一种"崇圣"观念,《文心雕龙》第二篇《征圣》就表现出这种崇圣的观念。"圣"字繁体为"聖",从耳,本义指听觉敏锐,闻声知情。在远古时代,沟通人与神的巫觋,绝地天通,称为"圣",后指具有通神能力的圣王,以及具有超卓睿智、能通达天意的圣人。在刘勰看来，从伏羲创立八卦到孔子整理五经，是圣人时代，"莫不原道心以敷章，研神理而设教"，推究神妙的自然道理从事著述，建立教化，陶冶人们的性情。圣人的言论为后世文章确立了指导原则，主要表现在这样几点：

其一，政化贵文。政治教化，以文为贵。孔子赞美唐尧曰"焕乎其有文章"（《论语·泰伯》），称颂西周"郁郁乎文哉，吾从周"（《论语·八佾》），可见圣人时代重视文德教化。

其二，事绩贵文。刘勰在《征圣》篇所言，主要指春秋时诸侯国的外交辞令，文雅得体。的确，《左传》记载诸侯大夫外交时"赋诗言志"，多能贴切得体，温文尔雅。反之，如果言辞不恰当，往往就没有好的结果。《论语·宪问》："子曰：'为命，裨谌草创之，世叔讨论之，行人子羽修饰之，东里子产润色之。'"可见制作辞命是多么慎重的事。

其三，修身贵文。古书曾说："言以足志，文以足言。"言辞能充分表达思想情感，文采能充分修饰言辞，使文辞流传久远。孔子曾借这两句话称赞子产。子产"其行己也恭，其事上也敬，其养民也惠，其使民也义"（《论语·公冶长》），符合君子之道，这是以文修身的表现。《礼记·表记》记载孔子论君子曰："情欲信，辞欲巧。"内心的情怀要真实，言辞要讲究技巧。这也是说文辞对于修身立诚之重要。古人称："言，身之文也。"言辞是人身的文采。一个人修身进德，须恰当得体地运用文辞。刘勰所言"志足而言文，情信而辞巧"（《征圣》），是后人写文章应遵循的金科玉律。

圣人的文章即五经是彰显天人之道的。就文章来说，五经是后世文章的典范。刘勰说："圣文之雅丽，固衔华而佩

（清）焦秉贞《孔子圣迹图》之"退修诗书"

实者也。"(《征圣》)各种经典，其文辞各有特点，如《春秋》
一字寓褒贬，这是"简言以达旨"，即以简略的言辞表达意
旨。《诗经·豳风·七月》共八章，每章十一句，篇幅较长；
《礼记·儒行》通过孔子与鲁哀公的对话，详细描述一个真
正儒者的行为，这是"博文以该情"，以丰赡的文辞来畅达
情志。经典中有的文章写得斩钉截铁，条理明白，有的文章
语言微妙，含蓄婉转，真是"繁略殊形，隐显异术"，但都
能做到华实彬彬，典雅美丽。刘勰称赞圣人文章"鉴悬日
月，辞富山海"，鉴识朗彻，文辞丰富，是后人作文取之不
尽、用之不竭的渊薮。圣人虽死犹生，"百龄影徂，千载心
在"(《征圣》)。

　　刘勰在《宗经》篇进一步论述作文应该宗法经书。"经也
者，恒久之至道，不刊之鸿教也。"经是恒久有效的根本道理、
不可改变的伟大教导。刘勰并不是一个经学家，他没有对五经
文字作笺注疏证，也没有从义理上揭示圣人的微言大义，而是
从文章写作的角度，把五经视为后世文章的源头，后世各种文
体都滥觞于经典。他把五经视为文章的典范，写作文章应该以
经典为楷模。刘勰说："文能宗经，体有六义：一则情深而不

诡，二则风清而不杂，三则事信而不诞，四则义贞而不回，五则体约而不芜，六则文丽而不淫。"（《宗经》）即情感深挚而不虚假，风貌清朗而不杂乱，记事信实而不荒诞，义理正直而不邪曲，体制要约而不芜杂，文辞华丽而不浮靡。后人"去圣久远，文体解散"，"离本弥甚，将遂讹滥"（《序志》），因此须摄末归本，还宗经诰。

原道、征圣、宗经思想贯彻《文心雕龙》之始终，是刘勰论文的理论基础。确立了这个深厚而崇高的理论基础，他的文章理论就能做到"振叶以寻根，观澜而索源"。当然，原道、征圣、宗经思想，并不是刘勰的孤明先发。往前追溯，《荀子》是明道、征圣、宗经说的先声。《荀子·劝学》说，学习的历程"始乎诵经，终乎读礼"，学习的目标"始乎为士，终乎为圣人"。《儒效》篇说："圣人也者，道之管也。天下之道管是矣，百王之道一是矣，故《诗》《书》《礼》《乐》之道归是矣。"对儒家之道、圣人、经典，荀子推崇备至。西汉末的扬雄，再次提出原道、征圣、宗经的主张。其《法言·吾子》说："舍五经而济乎道者，末矣。"要想领会儒家之道，就不能离开五经。又说："众言淆乱，则折诸圣。"荀子、扬雄对刘勰有明显的影响，但他们立意不在作文，而刘勰是第一次从文章学的立场确立原道、征圣、宗经的基本原则。后世如唐宋的古文运动、明代的文章复古、清代的桐城派，无不提倡取法乎上，从经典源头学起，以五经为典范，以明道为旨归。刘勰这一思想流贯于后世文学史，影响深远。

2. 奇文郁起，其《离骚》哉："酌奇玩华"的创作原则

刘勰所谓"文之枢纽"，除了《原道》《征圣》《宗经》外，还有《正纬》和《辨骚》。纬书是汉代一种傍经而行、内容较为诡异神怪的书，适应当时的谶纬之学而兴盛，东晋以后就慢慢衰落了。经正而纬奇，纬书内容多荒诞玄虚，刘勰称其"无益经典"，对于解释五经没有帮助；但其中瑰丽奇幻的文字，对于拓展作家思想、丰富作家语言能力，是有帮助的，所有刘勰又说它"有助文章"。后世谶纬思维依然存在，但纬书没落不彰，对文学影响不大，这里就不谈了。

《辨骚》篇在《序志》里称为"变乎骚"。"变乎骚"指

《离骚》是《风》《雅》之再变，是"变风""变雅"之后诗风的再次变化。李白《古风》说："正声何微茫，哀怨起骚人。"即"变乎骚"的意思。"辨骚"则是依据五经对于《楚辞》作出辨析判断。《离骚》是《楚辞》第一篇。六朝时期，《离骚》即代指《楚辞》。《辨骚》主要是辨别楚《骚》与经典的"同"与"异"，辨别"奇"与"贞"、"华"与"实"等问题。开篇说："自《风》《雅》寝声，莫或抽绪。奇文郁起，其《离骚》哉！"《诗经》之后约三百年，出现了以《离骚》为代表的楚国文学，瑰奇之文，郁然而起。其得失与经验教训需要细致辨析。

杨慎评点本《文心雕龙》

复旦大学图书馆 藏

最早对《离骚》发表评论的是淮南王刘安。汉武帝初即位，淮南王刘安入朝，奉诏作《离骚传》，第一次对屈原的创作精神给予高度评价。其书已散佚，班固《离骚序》节引：

淮南王安叙《离骚传》，以《国风》好色而不淫，《小雅》怨悱而不乱，若《离骚》者，可谓兼之。蝉蜕浊秽之中，浮游尘埃之外，皭然泥而不滓，推此志，虽与日月争光可也。

《国风》如《关雎》《桃夭》等诗多描写女子的容貌，但含蓄不露骨；《小雅》如《采薇》等诗抒写诗人内心的悲怨，但不至于犯上作乱；《离骚》兼二者之长。淮南王刘安称赞屈原出淤泥而不染，能超越当时污浊的楚国政治，保持光辉高洁的品德，其人格精神可与日月争光，与天地同长久。后来李白《江上吟》曰："屈平词赋悬日月，楚王台榭空山丘。"前一句用的就是这个典故。楚王台榭早已朽坏，不见踪影，屈原的辞赋则与日月同辉。

首先站在儒家立场上评论屈原的，是西汉后期的大儒扬雄。扬雄作《反离骚》以吊屈原，称赞他的光辉美德和卓越才华，批评楚国政治黑暗，同情屈原之投江而死，但是又从儒家明哲保身的处世态度出发，反对沉江的过激行为，认为："君子得时则大行，不得时则龙蛇（即蛰居伏处）。遇不遇，命也，何必湛身哉！"扬雄《法言·吾子》篇也谓屈原非智者。

班固曾作《离骚经章句》，已亡佚，现存《离骚赞序》和《离骚序》二篇。在《离骚序》里，班固发展了扬雄所谓君子固穷、明哲保身的儒家中庸思想，批评屈原说"露才扬己，竞乎危国群小之间"，而遭遇谗言陷害；认为屈原责备楚怀王，与楚国大夫子椒、楚怀王少弟（一说幼子）司马子兰等佞人相斗争，都表现得过于狂狷，不够明智。《离骚》中多用神话及怪诞的叙事，也违背"子不语怪力乱神"的原则，不合乎经典。《离骚》文辞弘博丽雅，为汉代辞赋之宗，屈原"可谓妙才者也"，只是一位才华横溢的文人而已。

东汉中后期，外戚与宦官的斗争愈趋激烈，一些文士卷入复杂的斗争冲突中，受到贬抑和打击，志向得不到施展，不免怀有怨懑之情。他们从屈原辞赋中得到情感的共鸣，许多文士发扬屈原"发愤以抒情"的精神，转变过去大赋的铺陈风气，写作一些抒情小赋，促进了东汉后期抒情赋的勃兴。在这种政治环境中，身为著作郎的王逸，撰著《楚辞章句》，是现存最早的《楚辞》注本。王逸虽也是从儒家思想认识屈原及其创作，但与班固所谓"君子道穷，命矣"的宿命论、明哲保身态度不同，他认为：

> 人臣之义，以忠正为高，以伏节为贤。故有危言以存国，杀身以成仁。是以伍子胥不恨于浮江，比干不悔于剖心，然后忠立而行成，荣显而名著。若夫怀道以迷国，详（同"佯"）愚而不言，颠则不能扶，危则不能安，婉娩以顺上，逡巡以避患，虽保黄耇，终寿百年，盖志士之所耻，愚夫之所贱也。（《楚辞章句序》）

伏节，指为理想信念而死的意志。历史上，比干冒死谏阻商纣王，伍子胥为劝谏吴王夫差而自刎。人臣应该忠贞节义，具有直言存国、杀身成仁的勇气。反之，那些苟容求合之辈，明哲保身，委曲求全，不敢抗言直谏，不能扶颠安危，即使寿终百年，也是为世人所不齿的。他大胆地肯定屈原愤懑的怨情和直谏的勇气，称赞屈原是人间豪杰，履忠被谮，忧悲愁思，独依诗人之义而作《离骚》，上以讽谏，下以自慰，膺忠贞之质，体清洁之性，直若砥矢，言若丹青，进不隐其谋，退不顾其命。这是世上没有的伟大行动。可见，王逸虽然也是依经立论，依照儒家经典标准来评论屈原，但他不像扬雄、班固那样秉持儒家所谓"温柔敦厚""主文而谲谏"的原则，而是发挥《诗经》的讽谏精神，肯定屈原切直讽谏、直面斗争的精神。

刘勰在《辨骚》篇列举了刘安、扬雄、班固、王逸各家的评论和汉宣帝的嗟叹，然后评论说："褒贬任声，抑扬过实，可谓鉴而弗精，玩而未核者也。"觉得他们褒贬抑扬，都依据一己之喜好，非常随意。其实，刘安、扬雄、班固、王逸对屈原的评论之所以大相径庭，最根本的原因是评论者的身世不同、思想立场不同，所处的时代政治环境不同，因此着眼点和标准也就不同。

刘勰在批评前人的《楚辞》评论后，依经典为标准作衡量，提出《离骚》与经典相同者四点，相异者四点。同于《风》《雅》的四点是：

典诰之体。《离骚》曰："彼尧舜之耿介兮，既遵道而得路。"又曰："汤禹严而祗敬兮，周论道而莫差。"这是述远古圣人的至道，善者美之，示人主以规范，符合《尚书》中《尧典》《汤诰》的体要。

规讽之旨。《离骚》曰："何桀纣之昌披兮，夫唯捷径以窘步。"又曰："羿淫游以佚畋兮，又好射夫封狐；固乱流其鲜终兮，浞又贪夫厥家。浇身被服强圉兮，纵欲而不忍；日康娱而自忘兮，厥首用夫颠陨。"夏桀、商纣、后羿是荒淫昏庸的误国之君，寒浞和其子浇是乱臣贼子，最终颠陨败亡。屈原引述这些古事，恶者刺之，旨以规讽警醒人主。这种"规讽之旨"和《诗经》讥刺过失的精神是一致的。

比兴之义。《九章·涉江》曰："驾青虬兮骖白螭，吾与重华游兮瑶之圃。"王逸解释前一句："虬、螭，神兽，宜于驾乘，以喻贤人清白，宜可信任也。"《离骚》曰："飘风屯其相离兮，帅云霓而来御。"王逸解释后一句："云霓，恶气，以喻佞人。"刘勰遵从王逸的解释，说这是"比兴之义"。刘勰《比兴》也说屈原"依《诗》制《骚》，讽兼比兴"。《楚辞》对《诗经》的比兴有所发展，托于细小之物来寓意，如《橘颂》，"情采芬芳，比类寓意，又覃及细物矣"（《颂赞》）。

忠怨之辞。《九章·哀郢》曰："望长楸而太息兮，涕淫淫其若霰。过夏首而西浮兮，顾龙门而不见。"宋玉《九辩》曰："岂不郁陶而思君兮，君之门以九重。"表达对君主忠爱而又进身无门的哀怨，刘勰概括为"忠怨"。《程器》篇赞叹"屈（原）、贾（谊）之忠贞"。"怨"而能"忠"，这是很有意义的文化传统，《孟子》称赏"怨生于爱"，出于爱的怨，即"忠怨"，忠是怨的前提，而不是决裂和对立。

《楚辞》与经典之不同，也表现在四个方面：

诡异之辞。《离骚》曰："吾令丰隆乘云兮，求宓妃之所在。"王逸注："丰隆，云师，一曰雷师。宓妃，神女。"《离骚》又曰："望瑶台之偃蹇兮，见有娀之佚女。吾令鸩为媒兮，鸩告余以不好。"有娀，传说中的国名。佚女，美女。鸩，鸩鸟，有毒。这都是神话传说中的人与物，诡奇神异。

谲怪之谈。《天问》曰："康回冯怒，地何故以东南倾？"王逸注："康回，共工名也。《淮南子》言，共工与颛顼争为帝，不得，怒而触不周之山，天维绝，地柱折，故东南倾也。"《天问》又曰："羿焉彃（bì，用箭射）日，乌焉解羽？"王逸注：

傅抱石《屈原》

故宫博物院 藏

原
抱石

后羿射日画像石

河南南阳汉墓出土

《淮南》言，尧时十日并出，草木焦枯，尧命羿仰射十日，中其九日，日中九乌皆死，堕其羽翼。"《招魂》曰："一夫九首，拔木九千些。"王逸注："言有丈夫，一身九头，强梁多力，从朝至暮，拔大木九千枚也。"《招魂》又曰："（土伯）三目虎首，其身若牛些。"王逸注："言土伯之头，其貌如虎，而有三目，身又肥大，状如牛也。"这些都是荒诞不经的谲怪之谈。

狷狭之志。《离骚》曰："虽不周于今之人兮，愿依彭咸之遗则。"王逸注："彭咸，殷贤大夫也。谏其君不听，自投水而死。"《悲回风》曰："浮江淮而入海兮，从子胥而自适。"自沉或远遁，不能和光同尘，从儒家标准来看，是心胸狭隘，不够中庸，刘勰说是"狷狭之志"。

荒淫之意。《招魂》曰："士女杂坐，乱而不分些。"又曰："娱酒不废，沉日夜些。"男女混乱在一起，日夜沉湎于酒，恣意调戏淫乱，是"荒淫之意"。

刘勰这里对《楚辞》的评论，与刘安、扬雄、班固、王逸所论相比较，更接近于扬雄、班固，即拘守于儒家中庸思想，倾向于以明哲保身的人生态度评论屈原，而不像王逸那样主张耳提面命的讽谏精神。

有一个问题难以解释。司马迁《史记》为屈原立传,并在《报任安书》《太史公自序》里都列举屈原等人以表达自己"发愤著书"的意志,为什么刘勰《辨骚》提到刘安、汉宣帝、扬雄、班固、王逸,却不提司马迁关于屈原的论述呢?

《史记·屈原贾生列传》勾勒屈原的生平,高度评价屈原的人格和创作精神,同时也寄寓了司马迁自己的怀抱:

> 屈平疾王听之不聪也,谗谄之蔽明也,邪曲之害公也,方正之不容也,故忧愁幽思而作《离骚》。离骚者,犹离忧也。……屈平正道直行,竭忠尽智以事其君,谗人间之,可谓穷矣。信而见疑,忠而被谤,能无怨乎?屈平之作《离骚》,盖自怨生也。《国风》好色而不淫,《小雅》怨诽而不乱。若《离骚》者,可谓兼之矣。上称帝喾(kù),下道齐桓,中述汤、武,以刺世事,明道德之广崇,治乱之条贯,靡不毕见。其文约,其辞微,其志洁,其行廉,其称文小而其指极大,举类迩而见义远。其志洁,故其称物芳;其行廉,故死而不容。自疏濯淖淤泥之中,蝉蜕于浊秽,以浮游尘埃之外,不获世之滋

垢，皭然泥而不滓者也。推此志也，虽与日月争光可也。

司马迁用"怨"字概括屈原创作的内在情感动力。"怨"来自屈原的"志洁行廉"与"王听之不聪，谗谄之蔽明，邪曲之害公，方正之不容"的黑暗现实之间不可调和的矛盾冲突。屈原忠贞诚挚，却横遭怀疑毁谤；志洁行廉，却穷途舛背，产生痛苦惨怛无法排遣的"怨"情，《离骚》就是屈原"怨"情喷薄而出的发愤之作。司马迁指出《离骚》之刺世事，在艺术表现上，能借古讽今，以小喻大，因迩及远，文约辞微，达到了很高的艺术境界。

《楚辞》开创了中国文学的"骚怨"传统，这是与《诗经》"言志"传统有别而又相并行的另一脉文学源流。钟嵘《诗品》追溯五言诗的源头，分别为《国风》《小雅》和《楚辞》，且《楚辞》一系的诗人数量众多，他们共同的特点是侧重抒写怨情，如李陵"文多凄怆，怨者之流"，班婕妤"怨深文绮"，王粲"发愀怆之词"，等等，他们都秉承屈原的"骚怨"传统而抒写悲怨情怀。刘勰虽然不否认作家坎坷遭际对于创作的积极意义，如《才略》篇以"蚌病成珠"比喻两汉之交的冯衍坎壈于盛世而在辞赋创作上取得巨大成就，《辨骚》也提到《楚辞》"叙情怨，则郁伊而易感；述离居，则怆怏而难怀"，抒情坎壈失意之情怀很真切，能打动人；但总体来说，刘勰不太重视抒写怨情，即使提到屈原的"怨"，也是"忠怨"。《史传》篇论述司马迁《史记》，也不重视"发愤著书"，甚至还借班彪的话，指摘《史记》"爱奇反经之尤"。刘勰对骚怨传统和发愤著书的淡化，应该与他浓厚的儒家思想有关。

刘勰把《楚辞》看作从圣人经典向汉代辞赋文学转变的关捩，说："《楚辞》者，体宪于三代，而风杂于战国，乃《雅》《颂》之博徒，而词赋之英杰也。观其骨鲠所树，肌肤所附，虽取镕经意，亦自铸伟辞。"宪，法也。《楚辞》合乎经典的四个方面，是"体宪于三代"；异乎经典的四个方面，是"风杂于战国"。既效法夏商周三代圣人的经典，又杂糅了战国纵横家的风气，失去经典的雅正原则，只能算是经典之低贱的博徒。《楚辞》为汉代辞赋开辟了道路，在辞赋中算是英雄豪杰。《通变》篇曰："楚、汉侈而艳。"把楚辞与汉赋放在一起看。

《楚辞》对汉代以降的文学产生了巨大的影响。刘勰说："其衣被词人，非一代也。"自西汉初王褒《九怀》以下的辞赋，无不效法《楚辞》，但无人能追得上屈原、宋玉超绝的步伐，屈原的"直谏"勇气没有得到继承，其叙情怨、述离居，情感悲怨深切，富有感染力；叙写山水和节候，形象逼真，生动贴切，这些方面嘉惠后世辞赋家非止一代，影响深远。《时序》篇说："爰自汉室，迄至成（帝）、哀（帝），虽世渐百龄，辞人九变，而大抵所归，祖述《楚辞》，灵均（屈原字）余影，于是乎在。"枚乘、贾谊、司马相如、扬雄等，得其奇丽，或铺张扬厉，学其弘大的体制，或猎其艳丽的辞藻，或在描写风景、吟咏物色方面向屈原、宋玉学习。《楚辞》在汉赋形成史上具有重要的意义。

后人从事诗文创作，如何向《楚辞》学习呢？刘勰在《辨骚》篇最后回答了这个问题：

> 若能凭轼以倚《雅》《颂》，悬辔以驭楚篇，酌奇而不失其贞，玩华而不坠其实，则顾盼可以驱辞力，咳唾可以穷文致，亦不复乞灵于长卿，假宠于子渊矣。

首二句把《楚辞》与《雅》《颂》并举，但用词是经过精心推敲的。以驾车为喻，轼是车前横木，驾车凭轼则能看清前方，"倚"《雅》《颂》才能道路正确；悬辔是勒住缰绳，控制快慢，"驭"楚篇则可从容驰骋，两者之间是有主次之分的。酌取奇伟，玩味华艳，即"驭楚篇"；但不能失去雅正和朴实，即"倚《雅》《颂》"。能做到这两点，就不必求助于司马相如（字长卿）和王褒（字子渊）了。

《楚辞》批评史上存在着"依经论骚"的现象，实际上反映的是自汉代建立大一统帝国、确立儒家思想正统地位后，儒家文化价值观的标准化、普遍化。"楚骚"是在儒家经典之外另一个不同的文学传统，其中突出的"骚怨"精神和瑰丽色彩，并非源于儒家文化的土壤，也难说是儒家文化影响的结果。而"楚骚"传统自汉代以后不得不逐渐接受已上升为国家意识形态的儒家文化价值的评判和意义渗透。刘勰也不能摆脱这种思维模式，《辨骚》篇主旨也是"依经论骚"。但刘勰提炼出《楚辞》的基本精神是"取镕经意，亦自铸伟辞"，称赞《楚辞》"衣被词人，非一代也"，对汉代以降的辞赋诗歌影响深远。特别是提出"酌奇而不失其贞，玩华而不坠其实"的创作原则，都是有卓见的。

　　当然，刘勰论《楚辞》也是有局限的。《楚辞》中谲怪瑰奇的神话想象和虚幻描写，他以为不合经典而加以批评，对《楚辞》的地方色彩也较为轻忽。到了宋代，福建文人黄伯思说："盖屈、宋诸骚，皆书楚语，作楚声，纪楚地，名楚物，故可谓之楚词。"（《校定楚词序》）提出《楚辞》是楚地文化的产物，很有见地。

三　论文叙笔二十篇：从《明诗》到《书记》

　　《文心雕龙》自《明诗第六》至《书记第二十五》二十篇，论述诗、乐府、赋、颂、赞、祝、盟、铭、箴、诔、碑、哀、吊、杂文、谐、讔、史传、诸子、论、说、诏、策、檄、移、封禅、章、表、奏、启、议、对、书、记等三十余种文体，今天通常称之为"文体论"。刘勰根据当时人的一般认识，即是否押脚韵，把文章分为"有韵之文"和"无韵之笔"。第六至第十五篇论从诗到讔的有韵之文，第十六至第二十五篇论从史传到书记的无韵之笔。文体论的各篇，一般包括"原始以表末""释名以章义""选文以定篇""敷理以举统"四个部分。原始表末，梳理每种文体的起源流变；释名章义，解释每种文体命名的含义；选文定篇，品评每种文体的代表作家作品；敷理举统，揭示每种文体的写作道理和要点。刘勰论述的文体，上至军国大事，下及友朋往来，在当时的政治文化生活中普遍使用，非常重要。随着时代的发展，旧的文体消逝，新的文体产生，今天来看，有的离我们的文化生活很远，有的依然是我们阅读的对象。

《文心雕龙》第二十九篇《通变》提出"遵体"的原则："夫设文之体有常，变文之数无方，何以明其然耶？凡诗赋书记，名理相因，此有常之体也；文辞气力，通变则久，此无方之数也。名理有常，体必资于故实；通变无方，数必酌于新声。故能骋无穷之路，饮不竭之源。"每一种文体的特征和规范是"有常"的，有恒定的、需要遵守的规范，后世作家需要借鉴、取法于各种文体的典范性作家作品（即"故实"）；在遵守文体规范的前提下，作家可以而且应该斟酌"新声"，在"文辞气力"方面有自己的创新变化，这种创新变化是因人因时而"无方"无穷尽的。刘勰这种"通变"观的本意，是特别重视遵守文体规范，但实际上，后世的文学发展就是不断地在"遵体"与"变体"间运动。一种陈旧的文体规范僵化后，就会被创新者打破，被新兴文体所取代；新兴文体确立规范后又逐渐僵化，会出现另一种新的文体取代它。顾炎武《日知录》说："诗文之所以代变，有不得不变者：一代

顾炎武像

选自清叶衍兰、叶恭绰编《清代学者像传》

之文，沿袭已久，不容人人皆道此语。今且千数百年矣，而犹取古人之陈言一一而摹仿之，以是为诗，可乎？故不似则失其所以为诗，似则失其所以为我。李杜之诗所以独高于唐人者，以其未尝不似，而未尝似也。知此者，可与言诗也已矣。"刘勰重在"常"，顾炎武重在"变"。顾炎武的认识更符合文学史事实，更具有指导意义。文学的发展往往就是在"有常之体"与"无方之数"间角力，在"遵体"与"变体"间动态摇摆。

1. 诗有恒裁，思无定位：简明诗歌史

　　早期诗与歌不分，诗、舞、乐三位一体。这种文艺可以追溯到远古。《尚书·尧典》说："诗言志，歌永言，声依永，律

和声。"志，止于心上，指内心怀抱，一切的思想感情都可称为"志"，心生则言立，有意即有言，有心思意识必然要通过语言表现出来，这是最早的诗。汉代《毛诗大序》说："诗者，志之所之也，在心为志，发言为诗。"诗是人的情志所至。心中的情志通过语言表现出来，就是诗。永，长也。歌是言的延长。歌唱时有一定的音节高低变化，形成宫、商、角、徵（zhǐ）、羽五声，即声依永。又以十二律而和此五声，即律和声。

魏晋时期，随着诗歌的发展，对诗的性质的认识有所发展。曹丕《典论·论文》提出"诗赋欲丽"，重视诗歌辞采华丽的特征。陆机《文赋》进一步提出"诗缘情而绮靡"的命题，诗歌是顺着人情感表达的需要而产生的，表达情感应该美好动人。刘勰虽不反对情与丽，却秉承"诗言志"的传统并翻出了汉代《诗纬·含神雾》"诗者，持也"的解释，并释名章义说："诗者，持也，持人情性；'三百'之蔽，义归'无邪'，持之为训，有符焉尔。"汉人以"持"训诗，当是受荀子的影响。《荀子·乐论》说，先王担心民众因情感冲动而混乱，"故制《雅》《颂》之声以道之"，"足以感动人之善心，使夫邪污之气无由得接焉"。"道"即"导"，这个"导"就近似汉人的

"持"。刘勰接受"诗者持也"的解释，并引申为"持人情性"，与孔子"思无邪"说联系起来，更重视诗歌的道德与政治功用。后来唐人成伯玙《毛诗指说》解释"诗者，持也"说："在于敦厚之教，自持其心；讽刺之道，可以扶持邦家者也。"向内养成温柔敦厚性情，是自持其心；向外讽刺不良的政治，是扶持国家。

刘勰还梳理和评论了历代诗歌的演进。

《吕氏春秋·古乐》记载："昔葛天氏之乐，三人操牛尾，投足，以歌八阕。"这是远古部落时代的音乐。相传黄帝时期有《云门》《大卷》等音乐，这些音乐"理不空弦"，一定有歌词，那就是远古的诗乐，只是没有流传下来而已。流传下来最早的上古歌谣是黄帝时的《弹歌》："断竹，续竹；飞土，逐宍（肉）。"这是最早的二言诗，简洁地叙述制作工具狩猎的过程。远古部落时期还有《伊耆氏蜡辞》，曰："土反其宅，水归其壑，昆虫毋作，草木归其泽。"祈使语气，表达祝愿，是古人建造水池水沟时的祝祭之辞，刘勰《祝盟》篇称这是最早的祝文。至尧时有《大唐》之歌："舟张辟雍，鸧鸧相从。八风回回，凤皇喈喈。"辟雍为天子所设的学校。在贵族学校里，学子们步伐整齐，轻风回旋，凤凰和鸣，诗意应是赞美尧的治化。《孔子家语》记载，舜弹五弦之琴，造《南风》之诗。其诗曰：

> 南风之薰兮，可以解吾民之愠兮；
>
> 南风之时兮，可以阜吾民之财兮。

在中国文化里，春天的东风、夏天的南风，给人带来生机与喜悦；秋天的西风、冬天的北风，给人萧煞凋零之感。司马迁曰："《南风》之诗者，生长之音也。"舜广施德化，天下大治，于是百姓心生欢喜，歌唱此诗，赞美舜的德治，可以解除百姓的痛苦，增长百姓的财富。在刘勰看来，这两首诗朴实不华丽，辞达而已。

大禹建立夏朝后，德惟善政，政在养民，水、火、金、木、土、谷六府与正德、利用、厚生三事之功，皆有次序，有歌乐赞美善政，刘勰称"大禹成功，九序惟歌"。夏朝到了启崩后，子太康立，败德失国，兄弟五人作歌以怨，史称《五子之歌》，载于《尚书·夏书》。其二曰：

训有之：内作色荒，外作禽荒。甘酒嗜音，峻宇雕墙。有一于此，未或不亡。

上层统治者德政败坏，会激起下层百姓的怨刺讽喻。郑玄《诗谱序》说过："论功颂德，所以将顺其美；刺过讥失，所以匡救其恶。"善者美之、恶者刺之，这是儒家诗论的传统。刘勰说："顺美匡恶，其来久矣。"

"诗三百"相传经过孔子整理，《雅》《颂》各得其所。《论语》中记载孔子与子夏、子贡谈论《诗》的例子，刘勰称引此事，说明诗歌可以感发意志，对于人格培养有积极意义。儒家五经，刘勰格外重视《诗经》，且用文学的眼光来认识《诗经》。《情采》篇说："昔诗人什篇，为情而造文；辞人赋颂，为文而造情。""辞人"指宋玉、司马相如等辞赋作家，"诗人"指《诗经》各篇的作者，以言志抒情为本。刘勰标出"诗人"即《诗经》的作者，为后世文人的模范。

相传古有采诗制度，《国风》本来是各地民间歌谣，经过采诗官推荐至朝廷，由乐工整理加工，上层统治者据此可以考察民情。《周南》《召南》是西周早期周公、召公统治的南方

清同治十三年孔宪兰刻本《孔子圣迹图》之"过庭诗礼"

孔子非常重视诗歌对于人格培养的意义，教育其子孔鲤时说出了著名的"不学《诗》，无以言"。这里特指《诗经》而言。

地区的音乐，多有颂美，是"正风"；其他十三国风是各诸侯国的地方音乐，多有怨刺，是"变风"。到了东周以后，朝政日益混乱，王泽竭而诗不作，采诗制度废弃了。《左传》里既见到关于作诗的记载，也有大量"赋诗言志"的例子，诸侯外交，通过赋咏诗篇，文雅得体地表达意志，刘勰称此"酬酢以为宾荣，吐纳而成身文"，宾主宴会上赋诗以表示荣宠，赋诗显示出文采礼仪。到了战国时期，外交场合尔虞我诈，剑拔弩张，赋诗言志的礼仪消失了。屈原《离骚》可以理解为是"变风"的再变，以怨刺为主。刘勰说："逮楚国讽怨，则《离骚》为刺。"

　　《诗》《骚》之后，秦朝不重视文化，焚书坑儒，禁止诵习《诗》《书》，没有留下诗篇。汉初，刘邦一统天下，却感慨难以守成，作《大风歌》曰："大风起兮云飞扬，威加海内兮归故乡，安得猛士兮守四方！"相传刘邦晚年受戚夫人蛊惑，欲废弃太子刘盈，因商山四皓出山协助太子而作罢，无可奈何地作《鸿鹄歌》："鸿鹄高飞，一举千里。羽翮已就，横绝四海。横绝四海，当可奈何？虽有矰缴，尚安所施？"太子成长，像横绝四海的鸿鹄难以驾驭，本该欣喜，他却觉得无奈，真是昏聩了。刘勰称刘邦二歌乃"天纵之英作"。项羽有《垓下歌》："力拔山兮气盖世，时不利兮骓不逝。骓不逝兮可奈何，虞兮虞兮奈若何！"悲怆苍凉，也是天纵之作，但刘勰未提及。

　　汉武帝时，李陵曾投靠匈奴，传世有《与苏武诗三首》等，一般认为"非尽陵制"，不都是李陵作的。这里选其中之一：

> 良时不再至，离别在须臾。
>
> 屏营衢路侧，执手野踟蹰。
>
> 仰视浮云驰，奄忽互相逾。

风波一失所，各在天一隅。

长当从此别，且复立斯须。

欲因晨风发，送子以贱躯。

分别时复杂的悲凉感，难以言表，都寄托在"执手野踟蹰""且复立斯须"中。刘勰提到李陵诗"见疑于后代"，但他自己并没有表示怀疑。五言诗的句式在《诗经》里就有了，如《召南·行露》"谁谓雀无角，何以穿我屋"等句，但《诗经》是四言为主，只存在个别五言句式，没有完整的五言诗。《孟子·离娄上》记有孺子歌曰："沧浪之水清兮，可以濯我缨；沧浪之水浊兮，可以濯我足。"去掉语气"兮"字就是五言全曲了。汉成帝时有歌谣："邪径败良田，谗口乱善人。桂树华不实，黄爵巢其颠。故为人所羡，今为人所怜。"刘勰举出这些例子后说："阅时取证，则五言久矣。"五言诗的源头是很久远的。

刘勰推举东汉末年的《古诗》，"观其结体散文，直而不野，婉转附物，怊怅切情，实五言之冠冕也"，达到了最高的艺术境界。这里的"古诗"是一个特指概念，称一些失去作者

（南宋）陈居中《苏李别意图》

台北故宫博物院 藏

的早期五言诗，萧统编《文选》录其中十九首，统称《古诗十九首》，始有定称，其数量原不止十九首。大致来说，非一人一时之作，产生时代约在东汉后期。刘勰称赏《古诗》风格质直而不粗俗，状物婉转贴切，抒情悲哀动人，是五言诗的冠冕。这里举一首：

去者日以疏

去者日以疏，来者日以亲。

出郭门直视，但见丘与坟。

古墓犁为田，松柏摧为薪。

白杨多悲风，萧萧愁杀人。

思还故里闾，欲归道无因。

此诗写客居他乡之游子，因见郊外坟丘而兴生死无依之慨叹，思归故里而不得，心绪悲伤。诗歌前两句以感慨开端，为下文描写实景蓄势；三至八句径直写眼前景象，以古墓为田、松柏为薪的巨大变化，抒发沧海桑田之感，以白杨悲风萧萧作响，营造令人销魂的哀愁氛围；结尾慨叹欲归故乡而无由得返。真可谓"婉转附物，怊怅切情"。

东汉末献帝建安年间掀起了五言诗的第一个高潮。刘勰《明诗》篇说："暨建安之初，五言腾踊，文帝、陈思，纵辔以骋节；王、徐、应、刘，望路而争驱；并怜风月，狎池苑，述恩荣，叙酣宴；慷慨以任气，磊落以使才，造怀指事，不求纤密之巧，驱辞逐貌，惟取昭晰之能：此其所同也。"刘勰提到的数人，曹丕、曹植、王粲、徐干、应场、刘桢，即曹氏兄弟与建安七子等，"行则连舆，止则接席，何曾须臾相失。每至觞酌流行，丝竹并奏，酒酣耳热，仰而赋诗"（曹丕《与吴质书》）。建安是一个特殊的时代，"世积乱离，风衰俗怨，并志深而笔长，故梗概而多气也"（《时序》），社会有太多的乱离，个人遭遇太多的苦难，人人都怀着建功立业、扬名不朽的宏愿，故而胸襟磊落，任气而发，情怀悲壮慷慨，诗风也是爽朗刚健，明白畅达。《文心雕龙》专设《风骨》篇，提倡意气骏爽、结言端直的文风，就是以建安文学为典范，钟嵘《诗品》直接概括为"建安风力"。试看刘桢《赠从弟》：

> 亭亭山上松，瑟瑟谷中风。
>
> 风声一何盛，松枝一何劲。
>
> 冰霜正惨凄，终岁常端正。
>
> 岂不罹凝寒？松柏有本性。

《论语·子罕》："子曰：岁寒然后知松柏之后凋也。"松柏是中国文化的传统意象。刘桢此诗托物寓意，咏赞挺拔的松树在寒风冰霜的恶劣环境中保持端正的姿态。之所以不畏凝寒，是本性使然。松树是坚守本性、坚毅正直、不屈服于恶势力的人格的象征。此诗既是劝勉堂弟，也是自我意志的剖白，可谓"言壮而情骇"（《体性》），言辞壮烈，情思警人心魄。

曹魏政权在文帝曹丕和明帝曹叡时代较为稳定，从魏齐王曹芳正始年间起，曹爽辅政，司马懿势力强大，有篡魏之心，乃至夷曹爽三族，弑高贵乡公曹髦，朝政混乱，政治高压，文人无所适从。何晏和王弼都忠于曹爽，但魏祚已衰，无能为力，于是喜好老、庄的玄学，清谈以避祸。刘勰说："何晏之徒，始盛玄论，于是聃、周当路，与尼父争途矣。"（《论说》）聃、周指老子、庄子，是魏晋玄学家推崇的道家人物，尼父指孔子。玄学势力强盛，乃至与正统的儒家思想相竞争。受玄学影响，当时诗杂仙心，浮浅轻澹。何晏有一首完整的《拟古》五言诗传世。诗曰：

（南宋）李唐《万壑松风图》

台北故宫博物院 藏

鸿鹄比翼游，群飞戏太清。

常恐入网罗，忧祸一旦并。

岂若集五湖，顺流唼浮萍？

永宁旷中怀，何为怵惕惊！

关于这首诗的意旨，袁宏《名士传》曰："是时曹爽辅政，识者虑有危机。晏有重名，与魏姻戚，内虽怀忧，而无复退也，著五言诗以言志……"士人常有鸿鹄之志，想处于高位，但在何晏看来，等待鸿鹄的是网罗，是灾祸，不如远离尘世，集于五湖，顺流唼（shà）浮萍以为生计，安心度日，不必战战兢兢。他另一首诗云"愿为浮萍草，托身寄清池。且以乐今日，其后非所知"，表达的是一样的志趣，都可见得他在当时危难的政治环境里的忧患心情。

在玄学流行的魏末，刘勰凸显阮籍和嵇康两人："嵇志清峻，阮旨遥深，故能标焉。"两人的政治态度是一致的，都站在曹魏一边，反对司马氏篡权；但性格不同，命运也就不同。阮籍借醉酒以避世，口不臧否人物，非常谨慎，在司马氏残暴专政下得以善终；嵇康则性格峻切，讦直露才，招致杀身之祸。阮籍有《咏怀》八十二首。第一首曰：

> 夜中不能寐，起坐弹鸣琴。
>
> 薄帷鉴明月，清风吹我襟。
>
> 孤鸿号外野，翔鸟鸣北林。
>
> 徘徊将何见，忧思独伤心。

全诗情景交融，寓意深远，层层推进地展现了诗人对乱世的深切忧思和个体生命的孤独感。首二句以叙事开篇，诗人难以入眠，起坐弹琴。接着转入简洁的描写，清辉垂照薄帷，清风吹拂衣襟，营造出清寂澄澈的氛围，也透露出诗人寂寥的心境。五六句转向室外，写听觉，失侣的孤鸿、无枝可依的翔鸟，在深夜中鸣叫，就像诗人"夜中不能寐，起坐弹鸣琴"一样，皆不安其所而有隐忧。夜鸟的鸣叫强化了诗人不能平静的意绪，徘徊月下，迷茫一片，无有所见，只能独自忧思伤心。诗人忧患的到底是什么，却没有点出来，这便是"阮旨遥深"。嵇康则不然，一旦缧绁，便作《幽愤诗》，其中说："惟此褊心，显明臧否。"已悔之晚矣，想奉时恭默，颐性养寿，却没有机会了。嵇康没有做到孔子所谓"邦无道，危（直）行言孙（同"逊"）"，最终难逃斧钺。

南朝画像砖中的
嵇康形象

　　刘勰《明诗》篇又论西晋诗歌说："晋世群才，稍入轻绮。张、潘、左、陆，比肩诗衢，采缛于正始，力柔于建安。或析文以为妙，或流靡以自妍。此其大略也。"现在人们常说"魏晋风骨"，这个说法是不准确的，可以说"汉魏风骨"，陈子昂就这么说过；两晋是谈不上风骨的。晋世诗歌，文采比何晏、王弼等正始诗歌更繁缛，骨力比建安诗歌更柔弱，用"轻绮"来概括，就是缺乏风骨，所以不能说"魏晋风骨"。"析文以为妙"，指讲究对偶，一个意思分为两句说；"流靡以自妍"，指追求音调谐和之美。张、潘、左、陆，张指张协、张载、张亢，潘指潘岳、潘尼，左为左思，陆为陆机、陆云。分别举他们的几首诗如下：

悼亡诗三首（其一）

潘　岳

荏苒冬春谢，寒暑忽流易。

之子归穷泉，重壤永幽隔。

私怀谁克从，淹留亦何益。

僶俛恭朝命，回心反初役。

望庐思其人，入室想所历。

帏屏无仿佛，翰墨有余迹。

流芳未及歇，遗挂犹在壁。

怅恍如或存，周惶忡惊惕。

如彼翰林鸟，双栖一朝只。

如彼游川鱼，比目中路析。

春风缘隙来，晨溜承檐滴。

寝息何时忘，沉忧日盈积。

庶几有时衰，庄缶犹可击。

潘岳妻子杨容姬，是荆州刺史杨肇之女。潘岳十二岁时就许为婚姻，结为连理后，情爱甚笃。至元康八年（298）秋天，杨氏卒，给予潘岳沉痛的打击，在安葬妻子时作《哀永逝文》。期功（服丧一年）满后，潘岳按规定复回原职，临别前作《悼亡诗三首》，此为第一首。首八句为第一层，寒暑迁流，与妻子阴阳相隔已一周年，不能这样永远沉浸在悲痛中、淹留在家乡，只能离开妻子的坟茔，返回原职。接下来十二句为第二层，抒写丧妻之痛，触目伤怀，每一个地方、每一处物件都能勾起对妻子的回忆，余香犹在，而形象已渺。心中忧伤不安，失魂落魄，孤茕一身，就像林中比翼齐飞的一对鸟儿，从此剩下一只；水中并列游行的比目鱼，半途分开。最后六句，以春风晨雨营造凄清的环境，此景此情，寝息难安，沉忧郁结，但愿悲哀也有个尽头，能像庄子一样旷达，从丧妻之痛中解脱出来。强作排遣，实则正是悲痛至极，难以自拔。潘岳工于怨语，此诗把悲痛的心绪写得凄凄惨惨、缠缠绵绵。

咏史八首（其一）

左　思

弱冠弄柔翰，卓荦观群书。

著论准《过秦》，作赋拟《子虚》。

边城苦鸣镝，羽檄飞京都。

虽非甲胄士，畴昔览《穰苴》。

长啸激清风，志若无东吴。

铅刀贵一割，梦想骋良图。

左眄澄江湘，右盼定羌胡。

功成不受爵，长揖归田庐。

晋武帝太康元年（280），晋灭吴。左思此诗当作于这一年之
前。全篇洋溢着志在许国而功成不受赏的狂放不羁气概。诗
人在描绘自身才华与宏伟抱负时，巧妙地将历代英豪信手拈
来，浑然一体。开篇四句写自己志在学文，才华出众。第五
句笔锋陡转，当危急的军情传来时，诗人自觉虽非行伍出身，
但也读过兵法，希望能铅刀一割，在战争中一显身手。"长啸
激清风"二句与"左眄""右盼"写得气象豪迈，虎虎生风。
尤为难得的是，诗人不图富贵荣华，但求功成身退，归隐田
园，享受淡泊宁静的生活。全诗看似咏史，实则抒情写志，
自然流畅。

赴洛道中作二首（其一）

陆　机

总辔登长路，鸣咽辞密亲。

借问子何之，世网婴我身。

永叹遵北渚，遗思结南津。

行行遂已远，野途旷无人。

山泽纷纡余，林薄杳阡眠。

虎啸深谷底，鸡鸣高树巅。

哀风中夜流，孤兽更我前。

悲情触物感，沉思郁缠绵。

伫立望故乡，顾影凄自怜。

　　陆机作为亡国之余，本想闭门读书，却不得不接受朝廷征召而离开家乡。北方的政权曾经是敌对的势力，刚过而立之年的陆机此番入洛，一切都是陌生的，前途未卜，因此他的心情悲哀沉重。首六句叙写与亲人依依惜别，离开家乡，向洛阳进发，鸣咽长叹，哭哭啼啼地上路。此去是身不由己地投入世网。中间八句详写沿途之景，离家越来越远，路途空旷无人，令人害怕。山川迂回，林莽茂密，时而闻谷底虎啸，时而见有人家，鸡鸣树巅。夜间哀风怒号，不时有野兽在眼前出没。沿途都是阴森可怖的景象，举目有山河之异，景中有情。诗人之眼是"情以物兴，物以情观"（《诠赋》），正如陆机《思归赋》所言，"悲缘情以自诱，忧触物而生端"，悲忧的心情使得他看到的沿途景象都是那么凄凉瘆人，"悲情触物感"二句已点明此理。末二句抒发怀乡之思，顾影自怜。此诗层次分明，脉络贯

陆机（左）、陆云（右）兄弟像
选自《吴郡名贤图传赞》

通，与此前诗歌相比，对偶句式增多，写景更为细致，自觉地运用"纡余""阡眠""缠绵"等双声叠韵联绵词，追求音声迭代的效果，有绮错之美。

刘勰继论东晋诗风，说："江左篇制，溺乎玄风。嗤笑徇务之志，崇盛亡（忘）机之谈。袁、孙已下，虽各有雕采，而辞趣一揆，莫与争雄。所以景纯《仙篇》，挺拔而为俊矣。"他用一"溺"字说明玄学对于当时诗风浸染之深重。玄学有三个兴盛时期，都对诗文产生大的影响。第一次是正始年间，何晏、王弼等人注释《老子》《庄子》《周易》，大畅玄风，诗歌平淡。第二次是西晋后期怀帝永嘉年间前后，贵黄、老，尚虚谈，王衍尚"无"，裴颜重"有"，交相辩难，玄学又盛行了，诗歌则是理过其辞，淡然寡味。第三次是中原沦丧，东晋王导、庾亮、桓彝、袁宏等人终日谈玄，加上支遁、道安、慧远等名僧，谈玄而兼论佛，玄言诗盛行，代表人物是许洵、孙绰，并称"孙许"。

秋　日

孙　绰

萧瑟仲秋日，飙唳风云高。

山居感时变，远客兴长谣。

疏林积凉风，虚岫结凝霄。

湛露洒庭林，密叶辞荣条。

抚菌悲先落，郁松羡后凋。

垂纶在林野，交情远市朝。

澹然古怀心，濠上岂伊遥。

全诗十四句，前六句写景，中四句感物兴情，末四句表达远离世俗、高隐濠上的超然情怀，正是道家的旨趣。玄言诗与前代诗歌相比，描写山水自然风景的比重增加了。如果把诗末谈玄理的句子褪去，改为抒情句，就是标准的山水诗了。可见玄言诗对稍后山水诗的兴起是有启发意义的。刘勰说："宋初文咏，体有因革，庄老告退，而山水方滋。俪采百字之偶，争价一句之奇。情必极貌以写物，辞必穷力而追新。此近世之所竞也。"

"庄老告退，而山水方滋"，说诗中玄言的成分减少，描写山水的成分增多，这尤其表现在谢灵运的山水诗中。刘勰没有提及谢灵运，但是"俪采百字之偶"四句应是指以谢灵运为代表的刘宋诗歌。清代王士禛《双江唱和集序》说："汉魏间诗人之作，亦与山水了不相及。迨元嘉间谢康乐出，始创为刻画山水之词。"谢灵运的某些诗篇并没有完全摆脱玄言诗的影响，往往还拖着一条玄言的尾巴，如《石壁精舍还湖中作》最后四句便是在谈玄理。诗曰：

昏旦变气候，山水含清晖。

清晖能娱人，游子憺忘归。

出谷日尚早，入舟阳已微。

林壑敛暝色，云霞收夕霏。

芰荷迭映蔚，蒲稗相因依。

披拂趋南径，愉悦偃东扉。

虑澹物自轻，意惬理无违。

寄言摄生客，试用此道推。

此诗作于谢灵运于故乡始宁（今浙江上虞）隐居时期。全诗围绕一"还"字展开，句句俱从"还"字生意，在时空变换中表现诗人清早出谷，黄昏时从湖中荡舟还精舍的所见所思。首四句以山水娱人，令人忘归，于"还"字前补写一层。"入舟"

（南唐）巨然《谢灵运诗意》（传）

台北故宫博物院 藏

句正面写"还"。"林壑"二句写还途湖中所望之远景。"芰荷"
写湖中景物。"披拂"二句写还精舍。末四句言理，超越外物
羁绊，思虑澹泊，意无违碍，才是养生之道，乃还后"偃东
扉"之所领悟。后人赞此四句近陶渊明。此诗写景能尽山水情
性，兴象全得画意，细密而有自然之致。钟惺批曰："非神情
真与山水相关，不能伪作此数语。"宋初以谢灵运为代表的山
水诗蔚然兴起，增加篇幅，讲究骈偶，细腻逼真地描写物色，

追逐新奇辞句。刘勰并不否定山水诗，他认识到"山林皋壤，实文思之奥府"。《物色》对近代山水诗赋的特征给予了很恰当的概括：

　　自近代以来，文贵形似，窥情风景之上，钻貌草木之中；吟咏所发，志惟深远；体物为妙，功在密附。故巧言切状，如印之印泥，不加雕削，而曲写毫芥。故能瞻言而见貌，即字而知时也。

刘勰指出近代以来文章以工巧的语言，逼真细致地描写自然草木风景的形貌，就像印章印在封泥上，纤毫毕现。好像通过文辞就能看见山水自然景物，感受到季节时令。

　　《明诗》篇最后"敷理以举统"，论述诗歌创作的原理与注意事项。他辨别四言与五言的不同："四言正体，则雅润为本；五言流调，则清丽居宗。华实异用，惟才所安。"魏晋南朝时，四言诗逐渐退出诗坛，五言诗取而代之，成为主流体制。对四言与五言此消彼长的认识和评价，是有一个过程的。西晋挚虞《文章流别论》说："夫诗虽以情志为本，而以成声为节。然则雅音之韵，四言为正，其余虽备曲折之体，而非音之正也。"四言为雅音之正，其他五言、六言、七言、九言，虽然音节增多，节奏曲折，但都不是"音之正"。这是出于对儒家经典《诗经》文体规范的尊重，没有认识到五言诗兴起的历史趋势。刘宋时颜延之《庭诰》说："至于五言流靡，则刘桢、张华；四言侧密，则张衡、王粲。若夫陈思王，可谓兼之矣。"流靡是流丽绮靡，侧密是幽微缜密；首次指明五言和四言两种诗体不同的风格特征。刘勰从宗经立场出发，称四言为正体，因为源于《诗经》；五言流调，即世间流行的音调。四言雅润，五言清丽，具有不同的体制风格。尽管"正体""流调"带有尊推四言的传统看法，但与挚虞标四言为"正"，贬斥其他一切"非音之正"的偏激做法不同。且刘勰认识到两种诗体适用于不同场合，有不同功用；作者因才情不同，对四言、五言也各有擅长。稍后钟嵘《诗品序》鲜明地推尊五言诗在艺术表现上的优越性，说：

　　五言居文词之要，是众作之有滋味者也，故云会于流俗。岂不以指事造形，穷情写物，最为详切者邪！

写四言诗可效法《风》《骚》，但易成而难工，因为常常会觉得文词繁复，而难以尽意，所以世人很少写作四言诗。五言虽仅增加一字，但音节、结构更为灵活自由，增强了表现力，在叙事抒情、摹象写物方面更加详尽切要，因此能迎合社会上一般人的趣味。这种理论认知与诗歌实践是一致的。

2. 有韵者谓之文

（1）诗为乐心，声为乐体

音乐的产生，是很久远的。沈约说："民禀天地之灵，含五常之德，刚柔迭用，喜愠分情。夫志动于中，则歌咏外发。"人在天地间最有灵性，禀有仁、义、礼、智、信五德，阳刚阴柔交相为用，有喜怒哀乐之情。有了情志，自然要通过歌咏表现于外。因此，"歌咏所兴，宜自生民始也"（《宋书·谢灵运传论》）。音乐与人类一同产生。

古代音乐包括宗庙郊祀、朝廷享宴的雅乐和"代、赵之讴，秦、楚之风"的地方民歌。音乐是国家文治教化的重要内容，古代的朝廷很早就设置了一个叫"乐府"的机关管理

秦乐府钟上"乐府"二字

音乐。过去一般依据《汉书·礼乐志》的说法，认为是汉武帝开始设立乐府，刘勰《乐府》也说："武帝崇礼，始立乐府。"1976 年在秦始皇陵附近出土一枚秦代编钟，上镌秦篆"乐府"二字，说明秦朝已有乐府，汉武帝只是对乐府机构加以调整和扩大。后世称由乐府机关掌管的音乐为乐府，后逐步扩大，只用旧题而不配合音乐的徒诗，也称乐府；再进一步像杜甫"三吏""三别"之类连乐府旧题也不用，元稹称其"即事名篇，无复依傍"，为新题乐府，秉承的是汉乐府现实性与叙事性的特征。白居易《卖炭翁》《上阳白发人》等是用新题写时事，又称新乐府。一般来说，除了用乐府旧题如《子夜歌》《公无渡河》等之外，题目有歌、篇、行、吟、怨、叹、操、引等的，均可称为乐府诗。

乐府有两个要素："诗"与"声"，即诗歌与音乐的综合。刘勰说："诗为乐心，声为乐体。乐体在声，瞽师务调其

器；乐心在诗，君子宜正其文。"（《乐府》）乐府中的诗即文学
性是第一位的，应该雅正；音乐也很重要，乐师务必调谐好
乐器。诗与声相配合有两种：一是先有词后配上乐，即"选
词以配乐"；一是先有音乐，根据音乐旋律填写歌词，即"由
乐以定词"，唐五代和宋的词，就是如此。刘勰说："高祖之
咏《大风》，孝武之叹'来迟'，歌童被声，莫敢不协。"这是
先有词然后配上乐。"孝武之叹'来迟'"指汉武帝的《李夫人
歌》，《汉书·外戚传》曰："孝武李夫人，本以倡进。初，夫
人兄延年性知音，善歌舞，武帝爱之。……平阳主因言延年有
女弟，上乃召见之，实妙丽善舞，由是得幸。……李夫人少而
早卒……上思念李夫人不已。方士齐人少翁言能致其神，乃夜
张灯烛，设帷帐，陈酒肉，而令上居他帐遥望，见好女如李夫
人之貌，还幄坐而步。又不得就视，上愈益相思悲感，为作诗
曰：'是邪非邪？立而望之，偏何姗姗其来迟！'令乐府诸音家
弦歌之。"齐地方士李少翁的手段，就是最早的皮影戏。汉皇
重色思倾国，李夫人的影子若隐若现，恍恍惚惚，武帝将信将
疑，可远望而不可即，咏叹出梦幻般的怅惘之情。"姗姗来迟"
就是源于此。他先作诗，再令乐府诸音家弦歌之，这是"选词
以配乐"。

帝王有权势，可以指令宫廷乐队为其诗配乐。史载曹操建造铜雀台，养了很多歌伎，他登高必赋，及造新诗，被之管弦，皆成乐章。乐府中有曹丕所谓"短歌微吟不能长"的清商曲，或称清商三调曲，包括清调、平调、瑟调，就是由曹操、曹丕、曹叡父子推动而兴盛起来的。但是曹植、陆机等文人没有调动宫廷乐队的权力，文人作的乐府诗就不配合音乐，而成为徒诗了。这是诗与乐的分离。刘勰说："子建、士衡，咸有佳篇，并无诏伶人，故事谢丝管。俗称乖调，盖未思也。"曹植（字子建）有《白马篇》《美女篇》《野田黄雀行》等乐府诗篇，陆机（字士衡）有《燕歌行》《猛虎行》等乐府诗篇，但都是不配合音乐歌唱的。当时有人提出批评，刘勰则为他们作辩护。乐府如果没有大批文士的参与，没有一个徒歌化的过程，而一直受音乐束缚，那它就不能成为一种重要的诗歌体裁而兴盛起来。刘勰在这一点上是有见识的。

但刘勰论乐府总体上还是比较保守的。他论述的重点在朝廷的雅乐，轻视民间音乐，如汉乐府民歌、长江流域的吴声西曲，他只字未提。对汉魏以后盛行的相和歌辞也给予严厉的批评，说："观其'北上'众引，'秋风'列篇，或述酣宴，或伤羁戍，志不出于滔荡，辞不离于哀思，虽三调之正声，实《韶》《夏》之郑曲也。"北上"指曹操《苦寒行》（"北上太行山"），属清调曲，"秋风"指曹丕《燕歌行》，属平调曲，刘勰称它们为"郑曲"，即俗调。我们看曹丕《燕歌行》：

> 秋风萧瑟天气凉，草木摇落露为霜，
> 群燕辞归鹄南翔。念君客游思断肠，
> 慊慊思归恋故乡，君何淹留寄他方。
> 贱妾茕茕守空房，忧来思君不敢忘，
> 不觉泪下沾衣裳。援瑟鸣弦发清商，
> 短歌微吟不能长，明月皎皎照我床。
> 星汉西流夜未央，牵牛织女遥相望，
> 尔独何辜限河梁。

以闺妇的口吻，抒写时序迁换、行役不归，闺妇怨旷无所诉的自怨自艾，写景、叙事、抒情相交融。江阳韵哀婉缠绵，句句押韵，就像一个妇人在不停的唠叨。刘勰批评这是放荡的哀思。世俗百姓欣赏音乐，"职竞新异"，追求新奇，六朝时江南的吴声西曲得到朝野的喜爱，但在刘勰看来是"诗声俱郑"，歌辞与声调都淫靡。可见刘勰论乐府的观念是较为保守的。

（2）赋者，铺也，铺采摛文，体物写志也

刘勰说："赋也者，受命于诗人，而拓宇于《楚辞》也。"
（《诠赋》）赋这种文体，孕育于《诗经》六义的赋，发扬《楚辞》
铺排夸饰的方法。至荀子《礼赋》《智赋》和宋玉《风赋》而始
单独名篇。本是"六义"之附庸，到了汉代蔚成大国。汉大赋
的创作非常繁盛，成为一代之文体。东汉后期，大赋之风渐渐
衰微，描写草区禽族、庶品杂类的咏物抒情小赋兴起。赋的形
式特点是铺采摛文，即铺陈文采，大赋尤甚，汉大赋还多采用
主客问答的结构。赋的内容，刘勰概括为"体物写志"，细致地
描绘外物，表达讽谏意义或抒写情感。古人称"登高能赋"，站
得高望得远，升上高处，所见境界开阔，故能作赋铺陈其形势。
登高使人暂时从世俗的各种关系与纠葛中摆脱出来，俯仰天地，
心生感慨和意趣，有作赋的兴致，也即刘勰所谓"睹物兴情"。
物与情，是作赋的两个要素。刘勰说："情以物兴，故义必明
雅；物以情观，故词必巧丽。"由外物兴起的情表现在赋中即为
"义"，赋中之义应该明白雅正；以有情的眼光观察外物，铺陈
于赋中，辞藻应该巧妙华丽。这里举两篇赋，窥豹一斑。

风　赋

宋　玉

　　楚襄王游于兰台之宫，宋玉、景差侍。有风飒然而至，王乃披襟而当之，曰："快哉此风！寡人所与庶人共者邪？"宋玉对曰："此独大王之风耳，庶人安得而共之！"王曰："夫风者，天地之气，溥畅而至，不择贵贱高下而加焉。今子独以为寡人之风，岂有说乎？"宋玉对曰："臣闻于师：枳句来巢，空穴来风。其所托者然，则风气殊焉。"

　　王曰："夫风始安生哉？"宋玉对曰："夫风生于地，起于青萍之末。侵淫溪谷，盛怒于土囊之口。缘太山之阿，舞于松柏之下，飘忽淜滂（píngpāng），激飏熛（biāo）怒。耾耾（hóng）雷声，回穴错迕。蹶石伐木，梢杀林莽。至其将衰也，被丽披离，冲孔动楗（jiàn），眴（xuàn）焕粲烂，离散转移。故其清凉雄风，则飘举升降。乘凌高城，入于深宫。抵华叶而振气，徘徊于桂椒之间，翱翔于激水之上，将击芙蓉之精。猎蕙草，离秦衡，概新夷，被荑杨。回穴冲陵，萧条众芳。然后徜徉中庭，北上玉堂，跻于罗帷，经于洞房，乃得为大王之风也。故其风中人状，直惨凄惏栗，清凉增欷。清清泠泠，愈病析酲（chéng），发明耳目，宁体便人。此所谓大王之雄风也。"

王曰："善哉论事！夫庶人之风，岂可闻乎？"宋玉对曰："夫庶人之风，塕（wěng）然起于穷巷之间，堀堁（kūkè）扬尘，勃郁烦冤，冲孔袭门。动沙堁，吹死灰，骇溷（hùn）浊，扬腐余，邪薄入瓮牖，至于室庐。故其风中人状，直憞（duì）溷郁邑，殴温致湿，中心惨怛，生病造热。中唇为胗（zhēn），得目为蔑，啖齰（zé）嗽嚄（huò），死生不卒。此所谓庶人之雌风也。"

这篇赋采用宋玉与楚襄王问答的形式，即汉大赋"述客主以首引"的结构，以赋为论，运用繁盛的辞藻，多用双声叠韵词，从听觉、视觉、嗅觉等角度，对比地铺排大王之雄风与庶人之雌风的不同，可谓"极声貌以穷文"。其主题是表现君民苦乐之巨大悬殊，或隐有讽谏之意。

鹪鹩赋（并序）

张 华

鹪鹩，小鸟也，生于蒿莱之间，长于藩篱之下，翔集寻常之内，而生生之理足矣。色浅体陋，不为人用，形微处卑，物莫之害。繁滋族类，乘居匹游，翩翩然有以自乐也。彼鸳鸯鹍鸿，孔雀翡翠，或陵赤霄之际，或托绝垠之外，翰举足以冲天，嘴距足以自卫，然皆负矰（zēng）婴缴（zhuó），羽毛入贡。何者？有用于人也。夫言有浅而可以托深，类有微而可以喻大，故赋之云尔。

何造化之多端兮，播群形于万类。惟鹪鹩之微禽兮，亦摄生而受气。育翾翾（xuān）之陋体兮，无玄黄以自贵。毛弗施于器用兮，肉不登乎俎味。鹰鹯（zhān）过犹俄翼兮，尚何惧于罿罻（chōngwèi）！鹥荟蒙笼，是焉游集。飞不飘扬，翔不翕习。其居易容，其求易给。巢林不过一枝，每食不过数粒。栖无所滞，游无所盘。匪陋荆棘，匪荣茝兰。动翼而逸，投足而安。委命顺理，与物无患。

伊兹禽之无知兮，何处身之似智！不怀宝以贾害兮，不饰表以招累。静守约而不矜，动因循以简易。任自然以为资，无诱慕于世伪。鹓鹯介其嘴距，鹄鹭轶于云际，鹖鸡窜于幽险，孔翠生于遐裔。彼晨凫与归雁，又矫翼而增逝：咸美羽而丰肌，故无罪而皆毙；徒衔芦以避缴，终为戮于此世。苍鹰鸷而受绁，鹦鹉慧而入笼。屈猛志以服养，块幽絷于九重。变音声以顺旨，思摧翮而为庸。恋钟岱之林野，慕垄坻之高松。虽蒙幸于今日，未若畴昔之从容。海鸟爰居，避风而至。条枝巨雀，逾岭自致。提挈万里，飘摇逼畏。夫唯体大妨物，而形瑰足玮也。阴阳陶蒸，万品一区。巨细舛错，种繁类殊。鹪螟巢于蚊睫，大鹏弥乎天隅。将以上方不足，下比有余。普天壤而遐观，吾又安知其大小之所如！

这是西晋张华咏鹪鹩的一篇赋。鹪鹩这种小鸟，禀受天地之气而生，毛不丽，肉不美，所居不过树林之一枝，所食不过稻谷数粒。委任命运，顺应天理，因此能与物无患。不像雕鹗、鹦鹉、鹄鹭、鹍鸡、凫雁之类，因有用于人、贪求过多而贾害招累。鹪鹩看似无知，实则处身似知。显然，张华这篇《鹪鹩赋》是托物寓意，借咏鹪鹩表达一种出处观，即因不才而得以保全性命。明人评此赋"有庄周木雁之思"。《庄子·山木》记载，树木因为长成材而被砍伐，雁因为不能鸣叫而被杀，从中悟出人应当处乎材与不材之间。张华生当魏晋鼎革之际，面对混

鹪鹩

乱的政治局面，因有切身的危机感而作《鵩鸟赋》，但最终没有逃脱无罪而遭毙的命运，被赵王司马伦杀害，夷三族。

（3）三闾《橘颂》，情采芬芳

《文心雕龙》的《颂赞》篇论述"颂"与"赞"两种文体，以"颂"为主，以"赞"为辅。

"颂"与"容"古可互训。《释名·释言语》："颂，容也。叙说其成功之形容也。"颂是远古时代史巫尸祝之词，在祭祀祖先神灵时载歌载舞，声容并茂地表演、赞美其功德，告于神明。刘勰说："容告神明谓之颂。"因为是告神的，"义必纯美"，内容应是纯粹的赞美。《诗经》中《商颂》《周颂》《鲁颂》是颂体的源头。人类远古时期的很多文体都与宗庙祭祀有关，后来才逐步转向叙写人间的事。颂的演化也是如此。《左传》中就记载一些"短词以讽"的诵（颂），刘勰称之为"野诵之变体，浸（逐渐）被乎人事矣"。颂进一步发展，运用于对事物的称颂，早期的代表作是屈原《橘颂》。刘勰说："及三闾《橘颂》，情采芬芳，比类寓意，又覃（tán，延伸）及细物矣。"屈原做过楚国三闾大夫，是主持宗庙祭祀、教育贵族子弟的官

职。他的《橘颂》把"颂"这种本来用于容告神明的文体推广
到赞颂橘这类细小之物。

橘　颂
屈　原

后皇嘉树，橘徕服兮。受命不迁，生南国兮。深固难徙，
更壹志兮。绿叶素荣，纷其可喜兮。曾枝剡（yǎn）棘，圆果
抟（tuán）兮。青黄杂糅，文章烂兮。精色内白，类可任兮。
纷缊宜修，姱（kuā）而不丑兮。嗟尔幼志，有以异兮。独立
不迁，岂不可喜兮。深固难徙，廓其无求兮。苏世独立，横而
不流兮。闭心自慎，终不失过兮。秉德无私，参天地兮。愿岁
并谢，与长友兮。淑离不淫，梗其有理兮。年岁虽少，可师长
兮。行比伯夷，置以为像兮。

皇天后土，生长橘这种嘉树，服习楚国土气。橘受天命，生于
南国。托根深厚，专心一志，不迁移他处。绿叶白花很繁茂，
惹人喜爱。枝条重叠长出利刺，果实圆润饱满，或青或黄，杂
错相间，色彩鲜明。橘肉精纯洁净，像品德高尚的人，可托以
重任。橘枝繁茂，修饰得适当美好，卓尔不群。哎呀，橘的本

性天生就与众不同啊：独立不迁移，难道不可爱吗？根深蒂固，难以迁移，孤寂超脱而无所求。清醒地卓立于世，横绝中流，而不随波逐流。小心谨慎，始终没有犯过错。坚守道德，毫无私意，与天地相参。但愿我能像橘树一样，以橘树为友，度过长久的时光。保持善良、孤高的品性不动摇，正直坚强而有原则。年轻的贵族子弟以橘为师长，以橘为榜样，学习它像伯夷一样高洁坚贞的德行。

屈原任三闾大夫，承担教育贵族子弟的重任。他托物寓意，借赞美橘的品德，歌颂君子之德，教育学生坚守本善，独立不倚，培养高卓的德性。的确是比类寓意，情采芬芳。

（4）《陈》《郭》二碑，词无择言

碑是记述、称颂逝者功绩德行的文体，刻在墓前立的石碑上。这种石碑的源头，可追溯到上古帝王封禅纪功时在山岳上竖立的石刻。宗庙东西的两根柱子之间也树立石碑，最初仅用于在祭祀前系牲口，上面没有记述功德的文字。后来从宗庙转到墓地，树立高高的石碑，刻有碑文，记载墓主一生的主要经历，称颂墓主的功德，兼有"传"与"铭"两种文体的特征。

刘勰说："夫属碑之体，资乎史才。其序则传，其文则铭。"
（《诔碑》）中国人担心死后肉体与名声一同泯灭，"君子疾没世
而名不称焉"（《论语·卫灵公》），于是把功德记录在金石上，希
望能借助文辞传于后世。刘勰说："石墨镌华，颓影岂戢。"用
美好的文辞把一生德行写在石头上，死者的名声怎么会消失
呢！古人重视立碑刻石，往往又难以做到名实相符，子孙甚
至不惜花费重金请社会名流为祖辈撰作碑文，辞多溢美，即使
品行在中人之下，也被称誉为德侔古贤，光齐日月。这样的稿
费，古人称为"谀墓金"，文人拿着惭愧。南宋末年的刘克庄
曾说："贫杀不贪谀墓金。"对文字守着一份尊严。

东汉末年，因为天下凋敝，曹操下令不得厚葬，禁止私
家立碑，但这种风气屡禁不止。西晋初，晋武帝再次下诏严厉
禁碑。上有政策，下有对策。民间把本来立在坟前的碑换成小
一点儿的石头，上面刻有碑文，在下葬时一同埋于墓中，即墓
志，或称墓志铭。其内容与碑文相近，区别在于碑是立于墓前
的，墓志铭则放在墓中。蔡邕是东汉后期写碑文的大手笔，很
多达官高士的碑铭都出自他手。刘勰称："自后汉以来，碑碣云
起，才锋所断，莫高蔡邕。"蔡邕也拿过人家的谀墓金，他曾对

卢植说："吾为碑铭多矣，皆有惭德，唯《郭有道》无愧色耳。"（《后汉书·郭太（泰）传》）指的就是他撰写的《郭有道碑文》。

郭有道碑文

蔡 邕

先生讳泰，字林宗，太原界休人也。其先出自有周，王季之穆，有虢叔者，实有懿德，文王咨焉。建国命氏，或谓之郭，即其后也。

先生诞应天衷，聪睿明哲，孝友温恭，仁笃慈惠。夫其器量弘深，姿度广大，浩浩焉，汪汪焉，奥乎不可测已。若乃砥节厉行，直道正辞，贞固足以干事，隐括足以矫时。遂考览六经，探综图纬。周流华夏，随集帝学。收文武之将坠，拯微言之未绝。

于时缨緌（ruí）之徒，绅佩之士，望形表而影附，聆嘉声而响和者，犹百川之归巨海，鳞介之宗龟龙也。尔乃潜隐衡门，收朋勤诲。童蒙赖焉，用祛其蔽。

州郡闻德，虚己备礼，莫之能致。群公休（赞美）之，遂辟司徒掾，又举有道（汉代选举科目之一），皆以疾辞。将蹈鸿涯（传说为古代仙人）之遐迹，绍巢、许之绝轨，翔区外以舒翼，超天衢以高峙。禀命不融（长），享年四十有二，以建宁二年正月乙亥卒。

凡我四方同好之人，永怀哀悼，靡所置念。乃相与惟先生之德，以谋不朽之事。金以为先民既没，而德音犹存者，亦赖之于见述也。今其如何而阙斯礼！于是树碑表墓，昭铭景行。俾芳烈奋于百世，令问显于无穷。其辞曰：

于休先生，明德通**玄**。纯懿淑灵，受之自**天**。崇壮幽浚，如山如**渊**。礼乐是悦，诗书是**敦**。匪惟摭华，乃寻厥**根**。宫墙重仞，允得其**门**。懿乎其纯，确乎其**操**。洋洋搢绅，言观其**高**。栖迟泌丘，善诱能**教**。赫赫三事，几行其**招**。委辞召贡，保此清**妙**。降年不永，民斯悲**悼**。爰勒兹铭，摛其光**耀**。嗟尔来世，是则是**效**。

这一篇碑文由序与铭两部分构成，序为散体，铭为韵文。第一段介绍墓主的姓名、籍贯、世系。第二段称赞郭泰天赋禀性、品德节操和学术文章。第三段称颂郭泰声望隆盛，而他的志趣在隐居授徒。第四段写郭泰拒绝征辟，超然世俗；交代卒年。第五段写立碑作文之缘由，众人哀悼，思念先生之德，商量树碑表墓，使其英名不朽。以上为散体序文。第六段是韵文的铭，韵脚分别是玄、天、渊（真部），敦、根、门（文部），操、高、教、招、妙、悼、耀、效（宵部），内容也是称美郭泰天禀美德、学养深厚、节操清峻，悲悼其英年早逝，赞颂其垂范后世，声名不朽。这篇碑文是蔡邕的代表作。叙事该要，文采典赡，刘勰称其"词无择言"，文辞没有可指摘之处。

3. 无韵者谓之笔

（1）辞宗丘明，直归南、董

中国古代史官文化非常发达。古有"左氏记言，右史记事"的说法，帝王身边有左右史官，君举必书，帝王的一言一行都有记录。这记录是一种话语权力，记什么不记什么，以什么态度、什么体例来书写，都体现出一种思想意志和价值观念。刘勰《史传》说："诸侯建邦，各有国史，彰善瘅恶，树之风声。"

历史书写的权力最初是被各诸侯国主所垄断,《孟子·离娄下》曾说:"楚之《梼杌》,晋之《乘》,鲁之《春秋》,其事一也。"即指各国之国史。史官撰史,其中寄寓善恶褒贬,代表着国家意识观念,对普通民众的思想感情和价值观念产生深广的影响。官方早就意识到史书的巨大力量,不允许私人修史。魏晋南北朝时,朝廷有著作郎、撰史学士等史官,私家修史也非常兴盛,史学批评几乎与文学批评一样发达。刘勰《文心雕龙》有《史传》篇,专门探讨史书编撰的问题,既是文体论的重要篇章,也是早期史学的专篇,对稍后唐代刘知几《史通》有直接的影响。

刘勰采用声训方法解释"史"字:"史者,使也,执笔左右,使之记也。"后面一句本于许慎。《说文解字》曰:"史,记事者也。从又(手)持中;中,正也。"刘勰说:"开辟草昧,岁纪绵邈,居今识古,其载籍乎?"凭借记载,人类的思想情感、知识经验得到积累和传承,人类文明从而得到承传演进。从这个意义上说,历史书写是人类文明的步履,既是过去的痕迹,也预示未来的方向。

刘勰说，孔子修《春秋》，"举得失以表黜陟，征存亡以标劝戒。褒见一字，贵逾轩冕；贬在片言，诛深斧钺"。列举事情得失来表示贬斥或褒扬，引证国家兴亡以显示勉励或谴责。得到《春秋》一个字的赞扬，比高官厚禄还珍贵；遭到只言片语的贬责，比杀头的惩罚都严重，也即《春秋》一字寓褒贬。如《春秋》记鲁隐公元年"郑伯克段于鄢"，本来郑伯与共叔段是同胞兄弟，用一"克"字把他们视作两敌国相厮杀，就谴责了他们兄不兄、弟不弟，失去了兄友弟悌的儒家之道。《春秋》意旨幽微，左丘明曾受经于孔子，实得微言，于是原始要终，创为传体，即《左传》。《左传》的"传"，是一种注经的方式，《毛诗故训传》《尚书大传》的"传"皆是如此，转述圣人经典的意旨。刘勰说："传者，转也，转受经旨，以授于后，实圣文之羽翮，记籍之冠冕也。"传辅助经，故曰羽翮，作为记事文，起源很早，是记籍之首。

战国虽然是乱世，但各国史官依然存在，大事书于简策。汉代刘向因为这些都是战国游士的策谋，故称为《战国策》。汉初陆贾作《楚汉春秋》。稍后，司马迁秉承其父司马谈的遗志，继任太史令，撰著《史记》，创立纪传体史书，十二"本纪"，记述从传说五帝至当朝天子汉武帝的事迹；三十"世家"，记述历代侯伯将相的家世；七十"列传"，是卿士特起者的传记；八"书"，包括《礼》《乐》《律》《历》《天官》《封禅》《河渠》《平准》，记录朝章国典，关涉国家政治制度；十"表"，以表谱的形式叙录历代诸侯将相的年爵。司马迁开创了纪传体史书的编撰体例。《左传》是编年体，其缺点是"氏族难明"，一个人的一生事迹分散在各年里，一会儿用名，一会儿用字，一会儿用谥号，错杂叠出，茫然难辨。《史记》是纪传体，以人物为中心叙述生平事迹，详尽而明晰。刘勰说："虽殊古式，而得事序焉。……史迁各传，人始区分，详而易览，述者宗焉。"对司马迁的体例创新予以肯定。后世正史的编撰均遵循司马迁《史记》的体例。林纾《春觉斋论文·流别论》说："化编年为列传，成正史之传体，其例实创自史迁。"

司马迁是在遭宫刑后才完成《史记》撰作的，因此发愤著书，借著书以自伤悼，其中寄托他抒写怨愤、批判当政的用心。班彪、班固父子依据儒家正统思想予以苛责。如班固《汉书·司马迁传》论曰：

　　其是非颇缪于圣人，论大道则先黄老而后六经，序游侠则退处士而进奸雄，述货殖则崇势利而羞贱贫，此其所蔽也。

　　"先黄老而后六经"其实是司马谈《论六家要旨》崇黄帝、老子的思想倾向，不能算在司马迁头上。司马迁虽然没有纯粹的儒家思想，但是他把孔子列入《世家》，把老子、庄子与法家的申不害和韩非子合在一起为《老子韩非列传》，尊崇儒家的态度是很明显的。《史记》有《游侠列传》，把项羽列入本纪，陈涉列入世家，的确是"序游侠则退处士而进奸雄"。《史记》设有《货殖传》，为从事商业、手工业等滋生财利的人列传，今天看来具有非常了不起的经济学眼光。特别是在序里说："无岩处奇士之行，而长贫贱，好语仁义，亦足羞也。"如果不是隐士豪侠，却长久地贫贱，喜欢说些仁义道德的话，那是可耻的。这不符合儒家的义利之辨，因此班氏父子批评司马迁"崇势利而羞贱贫"。

　　班固生活在"明章叠耀，崇爱儒术"的东汉前期，朝廷确立儒家思想的稳固地位，对异端思想多有排斥，也制约了班氏父子对司马迁的评价，但司马迁"良史"之才是不容否定的。

裴骃《史记集解》开篇即引班固对司马迁的评价

班固称他："善序事理，辨而不华，质而不俚，其文直，其事核，不虚美，不隐恶，故谓之实录。"《汉书》不仅采用《史记》的体例，在内容上也有大量因袭。故而刘勰说："班固述《汉》，因循前业，观司马迁之辞，思实过半。"《汉书》体例上的一大创新是有十"志"（《律历志》《礼乐志》《刑法志》《食货志》《郊祀志》《天文志》《五行志》《地理志》《沟洫志》《艺文志》），比《史记》八"书"内容更充实，更丰富。《汉书》的八"表"前有序，全书后有叙传，各篇"本纪""志""列传"末均有赞，思理深粹，辞采华茂。刘勰称赞说："其十志该富，赞序弘丽，儒雅彬彬，信有遗味。"萧统也一样称赏这些篇章。其《文选》不选史书，但选入《汉书》述纪赞、传赞四篇，并在序中说："若其赞论之综缉辞采，序述之错比文华，事出于沉思，义归乎翰藻，故与夫篇什杂而集之。"兹录《汉书·述高帝纪》：

> 皇矣汉祖，纂尧之绪。实天生德，聪明神武。秦人不纲，网漏于楚。爰兹发迹，断蛇奋旅。神母告符，朱旗乃举。粤蹈秦郊，婴来稽首。革命创制，三章是纪。应天顺民，五星同晷。项氏畔换，黜我巴汉。西土宅心，战士愤怨。乘衅而运，席卷三秦。割据河山，保此怀民。股肱萧曹，社稷是经。爪牙信布，腹心良平。恭行天罚，赫赫明明。

大意是：伟大的汉高祖，继承尧的统绪。禀天之德，聪明睿智，神圣威武。秦国失去纲常，残暴无道，导致陈涉揭竿造反，高祖也乘势而起，剑斩白蛇，举起红旗。进军霸上，秦王子婴稽首投降。高祖开创革命事业，与父老约法三章，应天意，顺民心，天下纷纷响应。项羽背弃盟约，黜斥我高祖在巴蜀、汉中。蜀人归心，战士对项羽怨愤不平。高祖一鼓作气，率战士举兵自蜀汉而来，席卷三秦，依据河山之固，治理国家，使百姓安定。萧何、曹参是高祖手足之臣，经邦纬国。武将有韩信、英布，谋臣有张良、陈平。顺天罚恶，盛大光明。

　　刘勰称赞《汉书》"宗经矩圣之典，端绪丰赡之功"，前一句指主旨思想端正，后一句指文辞丰赡细致。与《史记》相比，《汉书》儒家思想更为浓厚，如《史记》设有《游侠传》，司马迁说：

　　今游侠，其行虽不轨于正义，然其言必信，其行必果，已诺必诚，不爱其躯，赴士之厄困，既已存亡生死矣，而不矜其能，羞伐其德，盖亦有足多者焉。

司马迁认为游侠的行为虽然不合乎正义，但他们说话诚信，做事果断，一诺千金，勇于献身，能解救别人的困厄，使濒临死亡绝境的人得以生存。他们又不夸耀自己的才能，以炫耀自己的德行为耻，确实是值得称道的啊。《汉书》承《史记》也有《游侠传》，所叙人物基本相同，但态度截然不同。班固说："惜乎！不入于道德，苟放纵于末流，杀身亡宗，非不幸也！"认为游侠招致杀身灭族，是罪有应得。班固那个时代，游侠是造成社会不安定的因素，所以他以儒家道德标准予以贬抑。其实班固的行为举止并不完全符合儒家道德，他的《汉书》太初以后的内容，多取自其父《史记后传》而不加说明，有些人物传记可能接受了传主后人的贿赂，"受金而始书"，前人已有揭发。刘勰说："遗亲攘美之罪，征贿鬻笔之愆，公理辨之究矣。"公理，仲长统，东汉末年人，著有《昌言》。范晔《后汉书·班固传论》也批评班彪、班固"论议常排死节，否正直，而不叙杀身成仁之为美"。

总之，《史记》《汉书》孰优孰劣，即《史》《汉》优劣论，是东汉以来一个长久争论的话题。宋朝的倪思撰有一部《班马异同》，二书互勘，长短较然明白。刘勰从体例、思想、文辞等方面比较二书得失，体现出他的文学观念。

人类走出母系社会后进入父系社会，父权中心、男权中心就成为最基本的性别结构，中西皆是如此。据说西方有句名言："女人，你的名字叫弱者。"他认为女人的责任是在管理家务，看管屋里的东西，以及服从她的丈夫。古希腊城邦的妇女是不参与政治事务的。《尚书·牧誓》："古人有言曰：牝鸡无晨。牝鸡之晨，唯家之索。"如果妇人知晓并参与外事，就像母鸡代雄鸡打鸣一样不吉祥，是亡国的预兆。古代盟会，往往有一条："毋使妇人与国事。"（《春秋穀梁传·僖公九年》）汉初的吕雉太后，偏偏要打破这一禁忌。刘邦去世后，他们的儿子刘盈即汉惠帝优柔寡断，软弱无能，吕太后即直接代他发布号令，不久就干脆幽杀了他，让宫女所生子、六岁的刘恭当皇帝，即汉少帝，四年以后再行幽杀，更立惠帝宫中子恒山王刘义，改名曰弘，是为后少帝。吕后去世后，周勃、陈平等人铲除吕氏家族，认为少帝刘弘并非汉惠帝亲生子，于是立刘恒为帝，即汉文帝。从惠帝到二少帝的十五年，都是吕后制天下事。司马迁《史记》不设惠帝本纪、少帝本纪，而设立《吕后本纪》，班固因之作《高后纪》。

西汉平帝十四岁驾崩，没有子嗣，立宣帝玄孙刘婴为孺子，王莽摄帝王，元后为太后。东汉张衡在东观撰史书，认为编年月，纪灾祥，宜为《元后本纪》，延承司马迁、班固的体例。刘勰严厉地批评这种做法"违经失实""缪亦甚矣"，认为汉孝惠之子刘弘即后少帝和西汉后期平帝崩后立的孺子婴，都是汉家的胤嗣，可以立本纪，以系汉家的统绪，而不能为吕太后、元太后立本纪。刘勰之所以花费这么多笔墨辨正女后立纪的问题，是因为自东汉末年后，朝廷多弱主，母后临朝，外戚宦官专权肆虐，国势衰弱，国祚也不长，其所论是针对当时的现实政治问题而发的。唐代刘知几认同刘勰所论，在

《史通·序例》里提出"录皇后者既为'传'体，自不可加以'纪'名"。这在后世成为通则。

在评论历代史书后，刘勰阐论史书修撰的原则、体例、态度等问题，原则是征圣宗经。刘勰说："立义选言，宜依经以树则；劝戒与夺，必附圣以居宗。然后诠评昭整，苛滥不作矣。"史书的体例主要有两种，即纪传体和编年体。《史记》《汉书》《后汉书》等的列传是纪传体，本纪则是编年体。不论"纪传"还是"编年"，都不能完满地贴切史实："岁远则同异难密，事积则起讫易疏，斯固总会之为难也。或有同归一事，而数人分功，两记则失于复重，偏举则病于不周，此又诠配之未易也。"年代久远的事件，传说异辞，难以考实；近代的事件较为繁杂，在同一年里记述各种事件，头绪繁多，难免疏漏，所以编年体逐年"总会"材料是困难的。纪传体以人为单位，可以较完整地呈现一个人的一生事迹，但是同一件事往往有多人参与，若在每个人的传记里都加以叙述，则难免重复，只在个别人的传纪里叙述，则又显得不够周全，因此如何把同一历史事件选择性地安排在人物传记里，也是不容易的。这是"诠配"的困难。近人林纾称赞刘勰"总会""诠配"之论"可谓深明史体"。

如何解决"述远""记近"失实的难题，刘勰提出"素心"的要求。追述久远的事，应该秉持"文疑则阙"的态度，不能爱奇背理。记载近代的事，往往受到人事关系的纠缠而邪曲偏颇，难以做到客观公正。特别是在当时的士族社会里，"勋荣之家，虽庸夫而尽饰；迍（zhūn）败之士，虽令德而嗤埋"，传记功勋荣耀之家的平庸之辈，会尽量美言润饰；传记困顿失意之士，则虽有美好德行也被嘲笑埋没。因此一个优秀的史学家应该"析理居正，唯素心乎"，"素心"是本心、公正心的意思。史家须秉持一颗公正不偏颇的良心来撰述史事。

自《春秋》以来，撰著史书还有"隐讳"和"直笔"的要求。如果说"素心"近乎"史识"的话，那么"隐讳"和"直笔"就是"史德"。古代的正史都是为帝王将相作家谱，史家应遵循尊贤隐讳的原则。孔子编撰《春秋》，为尊者讳，为亲者讳，为贤者讳。刘勰说："若乃尊贤隐讳，固尼父之圣旨，盖纤瑕不能玷瑾瑜也。"瑕不掩瑜，不以一眚掩大德，应为尊者贤者隐晦。对于大奸大恶，则应当振笔直书。刘勰说："奸慝惩戒，实良史之直笔。"就像农夫见到禾苗中有恶草，非锄除干净不痛快。这也本之于孔子。《左传》记载孔子称赞董狐"古之良史也，书法不隐"。不隐，不隐人君之恶，故而能起到惩戒邪恶的作用。《论语·卫灵公》载孔子曰："直哉史鱼！邦有道，如矢；邦无道，如矢。"鱼是周朝太史的名字，孔子称赞史鱼正直，像箭矢一样直来直去。史官如果能够不受利诱，不畏强权，秉笔直书，瘅恶扬善，就能像孔子修《春秋》那样使乱臣贼子惧。这样的史书"腾褒裁贬，万古魄动"，就具有警戒世人的重大意义。

（2）辩雕万物、智周宇宙的诸子

古代的学术，西周时期是"学在官府"，春秋战国时期，随着周天子地位的下降，各诸侯国纷争兼并的加剧，官学衰落，私学兴起。诸子多为私学。《汉书·艺文志》："战国从衡，真伪分争，诸子之言纷然殽乱。"即通常所谓诸子百家，纷纷著书立说，建立学派，阐述自己的政治文化思想，其著作也称"诸子"。古代的图书一般分为四部：经、史、子、集。其中的"子"指诸子。西汉末的刘歆编撰《七略》，其中有"诸子略"。班固《汉书·艺文志》沿袭之，列有"诸子十家"，分别为儒家、道家、阴阳家、法家、名家、墨家、纵横家、杂家、农家、小说家，并说："其可观者九家而已。"轻视最后一种小说家。到了梁代，萧统编选《文选》排斥诸子。他在序中说："老、庄之作，管、孟之流，盖以立意为宗，不以能文为本。今之所撰，又以略诸。"意即诸子之作，重在表达思想义理，从文章角度看不是上乘之作，所以不入选。刘勰的文章观念非常广泛，表谱簿录等一切形诸文字的都在论述范围，当然不会排斥诸子。《文心雕龙》文体论部分就列了《诸子》专篇。

刘勰说："诸子者，入道见志之书。"诸子是阐述道理，表达作者思想的著作。"立言不朽"的使命感促使诸子发挥才智，炳耀垂文。诸子生活在战国乱世，他们的治国之策得不到君主的赏识，政治理想不能实现，于是通过阐明自己的思想学说以寄寓怀抱，"标心于万古之上，而送怀于千载之下"。的确，战国诸子深刻地洞察宇宙自然的奥妙、政治人生的精粹，蕴含大智慧，虽然驳杂不纯，但相互辩难、相互纠正补充，几千年来深刻地影响国人的思想观念和精神世界，是中国文化的宝贵财富。

最早的子书是《鬻子》，刘勰说："子自肇始，莫先于兹。"

传说鬻熊是楚国的祖先，周文王曾向他请益国事。其次是《老子》，老子姓李，名耳，字聃，又字伯阳，楚国苦县（今安徽涡阳）人。曾任周朝守藏史，掌管国家图籍和财物。孔子曾到周天子国都去向老子问礼。刘勰说："鬻惟文友，李实孔师，圣贤并世，而经子异流矣。"鬻熊是周文王的朋友，老子是孔子的老师；文王、孔子是圣，鬻熊、老子是贤；文王作《易》，孔子作《春秋》，是经；《鬻子》《老子》是子。经与子异流，子书并非直接源于经典，二者不是源流关系。战国时期诸子百家蜂拥而起，相互辩难攻讦，游说君王，干预政治，并为自己赢得厚禄与荣耀。

秦始皇统一中国后，焚书坑儒，但不焚毁诸子书，诸子传统在西汉依然得到延续。汉武帝提倡"罢黜百家，表章六经"（另一种表述是"推明孔氏，抑黜百家"，1910年蔡元培转述为"罢黜百家，独尊儒术"）后，经学日益得到推尊，诸子地位有所下降。刘勰说："自六国以前，去圣未远，故能越世高谈，自开户牖。两汉以后，体势浸弱，虽明乎坦途，而类多依采。"战国时期的诸子著书立说，独自成家。两汉以后如陆贾《新语》、贾谊《新书》、刘向《说苑》、扬雄《法言》等著作，在大一统的政治格局中，不得不依附儒家思想。这是中国古代学术思想转捩的一大关键。此后子书并未消失，一直到六朝时期还出现了如葛洪《抱朴子》、萧绎《金楼子》等子书。唐代以后，诸子才真正衰落，诗文创作繁盛，图书中的子部大大萎缩，集部兴盛。

班固《汉书·艺文志》论诸子说："合其要归，亦六经之支与流裔。"受其影响，刘勰也说诸子"本体易总，述道言治，枝条五经"。刘勰论诸子，的确是以儒家为准绳，称赞《孟子》《荀子》《礼记》义理纯粹，合乎经典，批评《列子》《庄子》《淮南子》踳驳不纯。《列子·汤问》载一故事：

江浦之间生麼虫，其名曰焦螟，群飞而集于蚊睫，弗相触也。栖宿去来，蚊弗觉也。离朱、子羽方昼拭眦扬眉而望之，弗见其形；觿（zhì）俞、师旷方夜擿（zhì，搔）耳俯首而听之，弗闻其声。唯黄帝与容成子居空峒之上，同斋三月，心死形废；徐以神视，块然见之，若嵩山之阿；徐以气听，砰然闻之，若雷霆之声。

在蚊子的眉睫上寄居着很多焦螟，蚊子没有觉察到。视力最好

（明）石芮《轩辕问道图》局部

台北故宫博物院 藏

的离朱、子羽，听力最好的魋俞、师旷也发现不了它们。黄帝与容成子斋戒三个月，慢慢地以神察视，渐觉焦螟体型大，声音响。这个故事超越了日常的小大之辨，最敏锐的感知是不以目观而以神视。《列子》这一篇还有大家熟悉的"愚公移山"的故事。《庄子·则阳》记载："有国于蜗之左角者曰触氏，有国于蜗之右角者曰蛮氏，时相与争地而战，伏尸数万，逐北，旬有五日而后反。"在蜗牛的两个角（极小的地方）有触、蛮二国，经常打仗，一打起来就伏尸数万，十余日而返。《淮南子·天文训》记载："昔者共工与颛顼争为帝，怒而触不周之山，天柱折，地维绝，天倾西北，故日月星辰移焉；地不满东南，故水潦尘埃归焉。"这些小故事，要么是神话，要么是寓言，虽虚幻荒诞，却有至理存焉。但刘勰觉得神话寓言"踳驳者出规"。不过他又较为宽容地说，殷代的《易》书就已记载了羿射十日、嫦娥奔月等神话，更何况诸子书呢？对于法家之商鞅、韩非等背离儒学、弃孝废仁，刘勰的态度是严厉的，说："镮（huàn，车裂）药之祸，非虚至也。"意谓商鞅被车裂，韩非被逼仰药自杀，是罪有应得。

刘勰论诸子，并没有阐发各家的哲学思想，而是从作文的角度论述诸子书的华采和辞气，即用辞藻表现事理时所呈现的特征。如他说："孟、荀所述，理懿而辞雅；管、晏属篇，事核而言练。"孟子与荀子的哲学思想有很大差异，但都具有义理美懿、文辞典雅的特征；管仲与晏婴的思想也不相同，但他们的文章都有记事核实、文辞精炼的特征。这一点启示我们，"大文学观"不是说把历史、哲学都包含到文学的范围内，而是说历史、哲学著作也应该讲究华采辞气。借用刘勰的话，历史叙事须"事核而言练"，哲学文章当"理懿而辞雅"，都应入情入理，富有可读性和感染力。

（3）弥纶群言，研精一理

《诸子》篇之后是《论说》，阐述"论"与"说"两种文体。论说相当于今天所谓议论文或论说文，这篇所论，对我们今天写好议论文是有帮助的。论说文源于先秦的诸子，但与子书的不同在于："博明万事为子，适辨一理为论。"（《诸子》）子书广泛地论述各种事理，论说文作为单篇文章，要辨析一个道理，围绕一个中心来写作。王充用射箭比喻论说文，射箭的靶心就是所要论说的那个道理。刘勰说："论也者，弥纶群言，而研精一理者也。"论说文，须综合分析各种言论，精深钻研一个道理，阐论得圆融而充分。

刘勰称赞嵇康《声无哀乐论》等是最优秀的议论文，能做到"师心独见，锋颖精密"，出自内心独立不倚的见解，论述得周全严密，惬理餍心，没有破绽。刘勰揭示议论文写作的关键是：

原夫论之为体，所以辨正然否，穷于有数，追于无形，钻坚求通，钩深取极；乃百虑之筌蹄，万事之权衡也。故其义贵圆通，辞忌枝碎，必使心与理合，弥缝莫见其隙；辞共心密，敌人不知所乘：斯其要也。

议论文阐发一个事理的是非曲直，不管是有形有状的事物，还是无形无象的道理，都应该对它深刻钻研，把精微的事理思考得深邃透彻，获得最终的结论。议论文是表达思想的手段，其所阐发之事理是衡量万事的准绳，因此义理应该圆通周密，文辞不能支离破碎，做到作者之"心"与所论之"理"紧密相合，不能私心曲论，人云亦云，或者故作惊人语。刘勰说："唯君子能通天下之志，安可以曲论哉！"议论文的作者应该通达天下人的情志，而非骋一己之私心臆见。

刘勰所言，不免抽象。兹举近人关于议论文写作要点的认识。张廷华编撰《论说文作法》，把议论文的构造法分为：第一，审题，题有论人、论事、论学、论政之不同。第二，命意，以一意为之主，其余所旁及者，皆属枝叶鳞爪，为证明主意之助。第三，布局，或先反后正。或逆起顺承。或从旁面翻腾取势。或从对面映射生情。或首段总提，以下分疏。或前后照应，中权扼要。或如剥蕉抽茧，逐层诘难。或如盘马弯弓，题前蓄势。或立间架以展局，或引证据以定案。凡此皆抱定所立之主意，作种种之布置，以谋一篇之局。第四，分段，通篇是一意，分之为数段，合之为一篇。一段围绕一个意思写，前后段之间要有关联过渡，或逐段翻澜，或逐段递衍，或大段包小段，或前段衬后段，要做到全篇血脉贯通，一气呵成，方称能手。第五，用笔，包括虚笔实笔（前段用虚笔喝住，后段用实笔振起），正笔侧笔（上段正说，下段从旁面用笔兜转）等，笔墨有变化，有转折起伏照应。第六，修辞宜显不宜晦，宜雅不宜俗，宜活不宜板，宜简洁不宜拖沓，宜清俊不宜涂饰，宜委婉不宜直笔，宜华质相称，不宜新旧杂出，宜删除陈言，不宜剿袭雷同。试举唐人李华《国之兴亡解》为例：

为国者同于理身，身或不和，则药石之针灸之；若夫扶疾而不攻，疾病则毙，扶之者尸也。

齐隋之亡也，以贞于终始为惑，苟而无耻为明，慢于事职为高贤，见义不为为长者。绳违用法，则附强而溃弱也；议于得失，则异寡而同众也。尚学希古谓之诞，趣便中时谓之工，观其燥湿而轻重之，候其成败而褒贬之。肉食之尊，以滋味糊其口，忍危亡而侥禄利。自是而下，则曰上司犹如之，我于国何有？设能愤发，则逆为备豫，动开束阑（niè，束缚而阻碍），气沮志衰，志亦从化。幸于生者，炎炎而四合；死于正者，求援而无继。麒麟悲鸣，凤鸟垂翅，鸱鸮害翼，犬呀毒喙，则蛇蜴虎狼之徒，其可向耶？

嗟乎！心腹支体一也，为病者万焉，虽有岐、缓（岐伯、医缓，古代的名医）而不请，岐、缓视之而不救。噫，齐隋不亡，得哉？返是而理，则王道易易也。

国之兴亡，事体宏大，一篇短文很难论清楚，作者则宽题窄做。第一段用一个比喻提出论点，为国同乎理身，应及时加以救治条理。第二段就近取鉴，选取此前的短命王朝齐隋，畅论其品第人才舛错、政治风气堕落、官僚制度腐败、从上到下蝇营狗苟，不分是非。再以麒麟、凤鸟、鸱、犬、蛇蜴虎狼等为喻相对比，揭示善恶颠倒的丑恶现实，正是这些政治弊端导致了齐隋之亡。虽略作铺排，但句式有变化，论述有起伏，不觉得呆板。第三段回应首段，再次以理身比喻治国；以"噫，齐隋不亡，得哉"绾扣第二段；以"反是而理，则王道易易也"

作结论，切合题中"兴"字。

刘勰在《论说》篇所谈的"说"体，指早期下对上的上书游说之说，既不同于后世如韩愈《师说》，也不同于《世说》的"说"。因为所谈的是上书游说的说辞，所以刘勰格外重视游说的态度和效果。他说："说者，悦也，兑为口舌，故言资悦怿。"《说文》："说……从言、兑。"兑为口舌，"说"体使听者感到高兴喜悦从而达到说服的效果，但是若过分讨人喜欢则必定虚伪，"自非谲敌，则唯忠与信"。如果不是欺骗敌人的话，就应该忠心诚信。"说"往往是就当前的某些事展开的，"必使时利而义贞，进有契于成务，退无阻于荣身"。抓住有利时机，辞义正直地上书游说，进言如果被采纳则能成就事务，即使不被采纳也不会妨碍自身荣誉。刘勰所举的几篇说都篇幅较长，现举《庄子·说剑》以见一斑。

昔赵文王喜剑，剑士夹门而客三千余人，日夜相击于前，死伤者岁百余人，好之不厌。如是三年，国衰，诸侯谋之。太子悝患之，募左右曰："孰能说王之意止剑士者，赐之千金。"左右曰："庄子当能。"

太子乃使人以千金奉庄子。庄子弗受，与使者俱往见太子曰："太子何以教周，赐周千金？"太子曰："闻夫子明圣，谨奉千金以币（赠送）从者。夫子弗受，悝尚何敢言！"庄子曰："闻太子所欲用周者，欲绝王之喜好也。使臣上说大王而逆王意，下不当太子，则身刑而死，周尚安所事金乎？使臣上说大王，下当太子，赵国何求而不得也！"太子曰："然。吾王所见，唯剑士也。"庄子曰："诺。周善为剑。"太子曰："然吾王所见剑士，皆蓬头突鬓垂冠，曼胡之缨，短后之衣，瞋目而语难，王乃说之。今夫子必儒服而见王，事必大逆。"庄子曰："请治剑服。"治剑服三日，乃见太子。太子乃与见王，王脱白刃待之。

庄子入殿门不趋，见王不拜。王曰："子欲何以教寡人，使太子先。"曰："臣闻大王喜剑，故以剑见王。"王曰："子之剑何能禁制？"曰："臣之剑，十步一人，千里不留行。"王大悦之，曰："天下无敌矣！"

庄子曰："夫为剑者，示之以虚，开之以利，后之以发，先之以至。愿得试之。"王曰："夫子休就舍待命，令设戏请夫子。"王乃校剑士七日，死伤者六十余人，得五六人，使奉剑于殿下，乃召庄子。王曰："今日试使士敦剑。"庄子曰："望之久矣。"王曰："夫子所御杖，长短何如？"曰："臣之所奉皆可。然臣有三剑，唯王所用，请先言而后试。"

王曰："愿闻三剑。"曰："有天子剑，有诸侯剑，有庶人剑。"王曰："天子之剑何如？"曰："天子之剑，以燕溪石城为锋，齐岱为锷，晋魏为脊，周宋为镡（xín），韩魏为夹；包以四夷，裹以四时，绕以渤海，带以常山；制以五行，论以刑德；开以阴阳，持以春夏，行以秋冬。此剑，直之无前，举之无上，案之无下，运之无旁，上决浮云，下绝地纪。此剑一用，匡诸侯，天下服矣。此天子之剑也。"文王芒然自失，曰："诸侯之剑何如？"曰：诸侯之剑，以知勇士为锋，以清廉士为锷，以贤良士为脊，以忠圣士为镡，以豪杰士为夹。此剑，直之亦无前，举之亦无上，案之亦无下，运之亦无旁；上法圆天以顺三光，下法方地以顺四时，中和民意以安四乡。此剑一用，如雷霆之震也，四封之内，无不宾服而听从君命者矣。此诸侯之剑也。"王曰："庶人之剑何如？"曰："庶人之剑，蓬头突鬓垂冠，曼胡之缨，短后之衣，瞋目而语难。相击于前，上斩颈领，下决肝肺，此庶人之剑，无异于斗鸡，一旦命已绝

矣，无所用于国事。今大王有天子之位而好庶人之剑，臣窃为
大王薄之。"

王乃牵而上殿。宰人上食，王三环之。庄子曰："大王安
坐定气，剑事已毕奏矣。"于是文王不出宫三月，剑士皆服毙
其处也。

前面三段是故事的缘起，从第四段才开始正式说剑，颇有传奇
性，今人称为"武侠小说的鼻祖"。庄子所论之"天子之剑"，
实际上是以"道"为剑，天地一切都是道的运行即"大化"所
生，因此以道为剑，则天下服；"诸侯之剑"是儒家的清廉、
贤良、忠圣，法家的智勇、豪杰，但力量都很有限，只能使
"四封之内，无不宾服而听从君命"；而"庶人之剑"则是普
通人的比武，无异于斗鸡。金庸《天龙八部》中的绝顶高手大
都不用兵器，大约即受到庄子《说剑》的影响。《庄子》所谓
"天子之剑"，是"至人无己，神人无功，圣人无名"的理想之
境，非人类所能达到。庄子说剑，的确达到了预期效果："文
王不出宫三月，剑士皆服毙其处也。"剑士不再受赏，恨而致
死。某种意义上说，庄子之"说"就是一把所向无敌的宝剑，

春秋晚期越王勾践剑

湖北省博物馆 藏

几句游说之词就致众剑士于死
地，可见"说"的威力。刘勰说：
"说尔飞钳，呼吸沮劝。""说"在瞬
息之间就能打动对方。

（4）章、表、奏、议等文体

《论说》之后的《诏策》论的是君王告示臣
下的诏书和策书，《檄移》论的是讨伐敌人的檄文
和宣告劝谕百姓的移文，《封禅》论的是帝王祭祀天地
封禅礼的文章。这些都与普通读者关系不大，平时也接触不到
这些文体，姑且略去。接下来《章表》《奏启》《议对》论的是
臣下给君主的文章，相当于后世公文中的"上行文"。

自汉代起，凡群臣上书给皇帝有四种，曰：章、表、奏、
议。"章"表示对皇帝恩赐的感谢，"表"是向皇帝陈述情事、
提出要求，最著名的是大家熟悉的诸葛亮《出师表》。刘勰说：
"章表之为用也，所以对扬王庭，昭明心曲。既其身文，且

亦国华。"章、表是在庄重严肃的朝廷上表达自己的思想情感和政治见解的，既显现自身的修养，也彰显国家的德业光辉。章、表是进呈给皇帝的，应该写得义雅文清，明白畅达而辞采光耀，不能曲折缠绕，隐晦含糊。如果皇帝听了半天也不知道重点何在，肯定不是好的章、表。

奏是向皇帝陈述政事、纠察弹劾的文体，"固以明允笃诚为本，辨析疏通为首"。陈述政事的奏疏，要态度忠厚诚实，所论切于时事，辨析得通畅明白；纠察弹劾的弹奏，是为了彰显法律条令，澄清国家政治，应该义正词严，文笔犀利，"必使笔端振风，简上凝霜者也"，但又不能吹毛求疵，尖酸刻薄，依然须遵循"理有典刑，辞有风轨"的法则。启是将自己的见解呈送皇帝，打动其心的文体。"王臣匪躬，必吐謇谔"，在国家有难时，臣民应该不顾自身安危，谠言正论。

议和对是臣下对朝廷各种事物发表看法、提出建议的文体，这就要求议对的作者应该有实际的社会治理才能，能够处理实际事物，这样的议论和建议才能契合实际，发生效用。刘勰说："郊祀必洞于礼，戎事宜练于兵，田谷先晓于农，断讼务精于律。"议论郊庙祭祀必须洞悉礼仪，讨论军事应该熟悉兵法，谈论耕种丰收先须通晓农事，参与决断诉讼应精通法律。否则，像汉末孔融那样说大道理一套一套的，天花乱坠，施行起来都不切合实际，是不行的。议、对之类文体往往是在朝廷上大臣相互商讨问难的，须意旨明确，言辞雅正，有说服力，其写作纲领是"标以显义，约以正辞。文以辨洁为能，不以繁缛为巧；事以明核为美，不以深隐为奇"。

刘勰论述章、表、奏、启、议、对时列举了许多实用文体，这里限于篇幅，只能鼎尝一脔，举羊祜《让开府表》为例。

臣伏闻恩诏，拔臣使同台司。臣自出身以来，适十数年，受任外内，每极显重之任。常以智力不可顿进，恩宠不可久谬，夙夜战悚，以荣为忧。臣闻古人之言：德未为人所服而受高爵，则使才臣不进；功未为人所归而荷厚禄，则使劳臣不劝。今臣身托外戚，事遭运会，诚在过宠，不患见遗。而猥降发中之诏，加非次之荣，臣有何功可以堪之，何心可以安之！身辱高位，倾覆寻至，愿守先人弊庐，岂可得哉！违命诚忤天威，曲从即复若此。

盖闻古人申于见知，大臣之节，不可则止。臣虽小人，敢缘所蒙，念存斯义。今天下自服化以来，方渐八年，虽侧席求贤，不遗幽贱，然臣不能推有德，达有功，使圣听知胜臣者多，未达者不少。假令有遗德于版筑之下，有隐才于屠钓之间，而朝议用臣不以为非，臣处之不以为愧，所失岂不大哉！

臣忝窃虽久，未若今日兼文武之极宠，等宰辅之高位也。且臣虽所见者狭，据今光禄大夫李憙执节高亮，在公正色；光禄大夫鲁芝洁身寡欲，和而不同；光禄大夫李胤清亮简素，立身在朝，皆服事华发，以礼终始。虽历位外内之宠，不异寒贱之家，而犹未蒙此选，臣更越之，何以塞天下之望，少益日月！是以誓心守节，无苟进之志。

今道路未通，方隅多事，乞留前恩，使臣得速还屯。不尔留连，必于外虞有阙。匹夫之志，有不可夺。

羊祜是西晋初年功德卓著的大将，他的姐姐羊徽瑜是晋景帝司马师的皇后。司马师的儿子司马炎逼迫魏元帝禅位，建立西晋，史称晋武帝。西晋初年与东吴相抗时，羊祜任荆州都督，采取柔和政策，相安无事，暗地里加强军事实力，为后来收复东吴作准备。公元 270 年，晋武帝加封羊祜为车骑将军（二品），开府仪同三司，他上此表辞让开府。其意谓：

　　臣听闻皇帝诏命，提拔臣开府仪同三司。臣自步入仕途以来十余年，在朝廷中奉事，在外郡督军，已经在高位担任重要职务了。常常以为自己智力有限，不可勉强进用，不该这么多次得到朝廷的恩宠，早晚战战兢兢，为自己享受如此殊荣而担忧。臣听闻古人有言：德行如果没有被众人所信服而获封高官，就会导致有才干的大臣不再进取；功劳如果没有被众人所承认就享受厚禄，会导致辛劳有功的大臣不再勤勉。今臣身为外戚，陛下对臣恩宠连连，臣实在以过宠为患，不以冷落为忧；而朝廷又下诏书，给我增加特殊的荣耀，臣有什么功劳可以承受，怎可以心安理得地享受！我担心在这么崇高的地位上，很快就会招致倾覆危险。到那时再想回家守护先人的草庐，也不能够了。违抗圣命固然是忤逆天威，但如果假意迎合就会有倾覆之虞。

　　臣曾听闻，人贵有自知之明，大臣的节操是对不适当的事要加以阻止。臣虽是小人，冒昧地依着前人的教训来行事。天下归顺晋朝至今才八年，虽然陛下虚心求贤，连幽微低贱的人都不遗落，然而臣还是不能多举荐有品德有功劳的人，使陛下知道德才胜过臣的人很多，未尽其用的人不少。假如有高德大才之人遗落人间，未尽其用，而朝廷议对却不以嘉奖臣为过错，臣受嘉奖又不觉得惭愧，那对于国家来说就是大损失啊！

臣叨荣为官虽然很长时间了，但从未像今天如此身兼文武要职，官居宰辅的高位。臣眼界不宽，但认为今天的光禄大夫李憙高风亮节，正直奉公；光禄大夫鲁芝洁身自好，清淡寡欲，与朝臣论议，和而不同；光禄大夫李胤处理政事宽宏博大，严肃庄重，多年为国君服务，始终依礼而行。虽然历任朝野内外的职务，但与清贫百姓之家一样，尚未得到像我这样的恩宠。臣不如他们，却僭越而得到这么优厚的待遇，那凭什么满足天下人对朝廷的期望，补益陛下的光芒呢？因此，臣发誓守此节操，没有苟且擢升的打算。

如今讨伐东吴的道路未通，边境多事，臣乞求陛下留止对臣的加封，让臣能尽快赶回军中。如果不赶快还军中，必然导致督防荆州的军事准备出现缺陷。恳请陛下体察臣一介匹夫的心愿，臣的心愿是不会改变的。

羊祜的这篇让表，完全从国家利益着想：朝廷加官进禄，应该依据德与才，鼓舞人心，而不能让才臣、劳臣无望而灰心。如果过于贪恋勋荣，将会招致倾覆。今日一些有德有才者未尽其能，未尽其用。我如果僭越获受殊荣，那怎么能满足天下人对朝廷的期望呢？全文情意真切，态度诚恳，而意志坚定。古大臣之贤让风度，一片公忠体国之心，令人肃然起敬。这样的章表，的确如刘勰所说，"对扬王庭，昭明心曲。既其身文，且亦国华"，刘勰称之"有誉于前谈"，同时的李充《翰林论》也说："羊公之让开府，可谓德音矣。"

《文心雕龙》文体论之最后一篇《书记》，论及书、记两种文体，旁涉其他各种笔札杂名。书与记大体相似，近乎后人所谓书信。刘勰说："书者，舒也。舒布其言，陈之简牍。"书信是把心中要说的话形诸文字。"详总书体，本在尽言，所以散郁陶，托风采，故宜条畅以任气，优柔以怿怀。文明从容，亦心声之献酬也。"书信的宗旨是尽情表达内心怀抱，舒散内心的郁闷，展现文采风流，因此应条贯流畅地发挥个性才气，从容自得地表达内心情怀。文辞明晰，优柔不迫，就像彼此之间心声呈献与酬答一样，是一场笔谈。刘勰特别提到过去被忽略的刘桢笺记。这里看刘桢《谏曹植书》：

　　家丞邢颙，北土之彦，少秉高节，玄静澹泊，言少理多，真雅士也。桢诚不足同贯斯人，并列左右。而桢礼遇殊特，颙反疏简。私惧观者将谓君侯习近不肖，礼贤不足，采庶子之春华，忘家丞之秋实。为上招谤，其罪不小，以此反侧。

汉代制度，列侯置家丞、庶子各一人，使管理列侯之家事。刘桢是曹植的庶子，因为擅长诗文，受到曹植喜爱。邢颙是曹植的家丞，防闲以礼，无所屈挠，与曹植不相合。刘桢于是写这封信进谏曹植，希望他能重用邢颙。首先称赞邢颙是雅士，玄静淡泊，品节高，话语少，识理多。接着，谦逊地表达自己不足以与邢颙相提并论，而现在却是自己受到曹植特殊的礼遇，邢颙反受到疏忽怠慢，担心这样会让外人觉得君侯曹植近小人、远君子，招致谤议，罪责严重，因此辗转不安，写此信以进谏。短短百字之书信，流露出刘桢诚恳的态度和忠厚的情怀，刘勰赞其"丽而规益"。"采庶子之春华，忘家丞之秋实"二句，兼比喻、对比、对偶，确是华丽之辞。

1. 物色与神思：自然万物与创作心理

《文心雕龙》从第二十六篇《神思》以下，阐述文章写作各个方面的具体问题，包括创作心理、作家才性、文章风格、谋篇布局、修辞拣字，等等，用他的话说，就是"毛目显矣"。为了读者理解的方便，本书把后二十五篇的内容归纳为几个方面。这一节侧重于阐明刘勰对创作心理的探讨。《物色》为第四十六篇，在全书靠后，过去范文澜、刘永济、王利器等先生都认为次序当有错乱，王运熙先生认为此篇次序无误，它与第四十五篇《时序》分别论述时代和自然景物与文学创作的关系。其说可从。但这里从理论的联系性上把《物色》《养气》与《神思》放在一起谈。

所谓"色"，李善曰："有物有文曰色。"自然界的事物都有付诸感官的"色"，风虽无正色，然亦有声。萧统《文选》赋体就专门有物色类，收入宋玉《风赋》、潘岳《秋兴赋》、谢惠连《雪赋》、谢庄《月赋》，都是描写自然景物的，可知"物色"指自然景物。

古代的诗赋文学格外重视自然物色，这是基于中国人的文化心理。中国人认为，人与自然万物都本源于道，都是禀气而生，气之精者为人，粗者为物，人与万物一气相通，一气相感。天地万物的运化都顺应四时之气，同样，人类心情与活动也应该顺应四时之气。

《礼记·月令》按照一年十二个月，细致地解说每个月的自然时令和人事，如孟春之月，东风解冻，蛰虫始振，鱼上冰，獭祭鱼，鸿雁来；天气下降，地气上腾，天地和同，草木萌动。王命布农事，命田舍东郊，命乐正入学习舞，乃修祭典，命祀山林川泽，禁止伐木，毋覆巢。季秋之月，鸿雁来宾，菊有黄华，草木黄落；乃伐薪为炭，蛰虫咸俯在内，皆墐其户，乃趣狱刑，毋留有罪。如果违背天时，错乱节序，则百世不顺，如孟夏行秋令，则苦雨数来，五谷不滋，四鄙入保；行冬令，则草木早枯，后乃大水，败其城郭；行春令，则蝗虫为灾，暴风来格，秀草不实。四时月令，是中国农业文明的文化基础。中国人遵循四时的物候节序，视之为天道。《论语·阳货》："子曰：天何言哉？四时行焉，百物生焉。天何言哉？"天虽无言，但春夏秋冬四时的运行，万物的华实荣枯，是天道的彰显。

中国人对四时物候节序是非常敏感的，因四时物候节序之不同而萌生不同的情感。这种感物兴情，是文艺的根源，称为"物感"。《礼记·乐记》说："凡音之起，由人心生也；人心之动，物使之然也，感于物而动，故形于声。"音乐的兴起是由于人心的激动，而人心的激动是外物感发的结果。人心受到外物感触而激动，通过形体表现为舞蹈，通过声音表现为音乐，通过语言表现为诗歌。所谓"物感"，是指物候节序之感。《诗经》中一些作为比兴的事物，就蕴含物候节序的意义，如《周南·桃夭》"桃之夭夭，灼灼其华"，用早春盛艳的桃花比喻新嫁娘盛丽的容颜。《曹风·蜉蝣》："蜉蝣之羽，衣裳楚楚。心之忧矣，于我归处。"借朝生暮死的蜉蝣小虫感慨人生苦短。西晋初，陆机《文赋》说："遵四时以叹逝，瞻万物而思纷。悲落叶于劲秋，喜柔条于芳春。"看到春夏秋冬四季迁移，万物欣荣枯萎，而感慨时光和生命的流逝，思绪纷繁。秋风中落叶飘零，激起人悲哀之情；春光中柳条吐绿，枝叶纷披，令人心情舒畅。这样的情绪触动自然就需要有诗赋表现出来，这就是"物感"。民间《读曲歌》曰："初阳正二月，草木郁青青。蹑履步前园，时物感人情。"这是"喜柔条于芳春"。孙绰《秋日》曰："萧瑟仲秋日，飙唳风云高。山居感时变，远客兴长谣。"这是"悲落叶于劲秋"。刘勰《物色》说得更详细：

　　春秋代序，阴阳惨舒，物色之动，心亦摇焉。盖阳气萌而玄驹步，阴律凝而丹鸟羞，微虫犹或入感，四时之动物深矣。若夫珪璋挺其惠心，英华秀其清气，物色相召，人谁获安？是以献岁发春，悦豫之情畅；滔滔孟夏，郁陶之心凝；天高气清，阴沉之志远；霰雪无垠，矜肃之虑深。岁有其物，物有其容；情以物迁，辞以情发。一叶且或迎意，虫声有足引心。况清风与明月同夜，白日与春林共朝哉！

春夏秋冬四季依次变迁，阴气沉郁阳气舒展，自然景物的变化使人的心情也随着发生波动。春天阳气萌生，蚂蚁（玄驹）开始活动；秋天阴气凝聚，萤火虫（丹鸟）就准备过冬的食物。

微小的昆虫尚且感到气候的变化，可见四季节候对万物的影响是很深入的。至于人，具有美玉般聪睿的心灵、鲜花般清明的气禀，对于自然景物的感召，怎能无动于衷呢？因此，新年春气萌发，心情就会愉悦舒畅；初夏阳气转盛，心情就会喜乐陶陶；秋日天高气爽，情志就会阴沉而辽远；冬来飞雪漫天，心情就会严肃而深沉。一年四季有不同的景物，呈现出不同的景象，诗人的情感因物色变迁而不同，文辞随着情感的触动而表现于外。自然界的一瓣新芽、一片落叶、一声虫鸣，都能引起诗人敏锐心灵的颤动，而萌生诗意；更何况清风明月的夜晚、旭日春林的早晨呢！刘勰用美丽的骈文，描摹出"物感"说的道理，揭示了中国人关于情感来源的重要理论。汉魏以降的文人诗歌，许多是感物兴情之作，如曹植《赠白马王彪》曰：

> 踟蹰亦何留，相思无终极。
>
> 秋风发微凉，寒蝉鸣我侧。
>
> 原野何萧条，白日忽西匿。
>
> 归鸟赴乔林，翩翩厉羽翼。
>
> 孤兽走索群，衔草不遑食。
>
> 感物伤我怀，抚心长太息。

秋风、寒蝉、白日、归鸟、孤兽，这些自然的景物意象，营造出萧瑟悲凉的氛围。寒蝉鸣秋，白日西匿，是物候节序，触动了诗人时不我待、一事无成的悲哀。鸟归乔林，孤兽索群，一反一正，形容出诗人此时孤苦无依的落寞，感物伤怀，抚心太息。自然物候节序触动文人的情感，从而有文学表现的需要。这是当时人的共同认识，如：

或日因春阳，其物韶丽，树花发，莺鸣和，春泉生，暄风至，陶嘉月而嬉游，借芳草而眺瞩。或朱炎（太阳）受谢，白藏（秋天）纪时，玉露夕流，金风多扇，悟秋山之心，登高而远托。或夏条可结，倦于邑而属词，冬云千里，睹纷霏而兴咏。（萧统《答湘东王求文集及诗苑英华书》）

至如春庭落景，转蕙承风，秋雨且晴，檐梧初下，浮云生野，明月入楼。……伊昔三边，久留四战，胡雾连天，征旗拂日，时闻坞笛，遥听塞笳，或乡思凄然，或雄心愤薄，是以沉吟短翰，补缀庸音，寓目写心，因事而作。（萧纲《答张缵谢示集书》）

若乃登高目极，临水送归，风动春朝，月明秋夜，早雁初莺，开花落叶，有来斯应，每不能已也。（萧子显《自序》）

而钟嵘《诗品序》的表述更为完整深入，他说：

> 气之动物，物之感人，故摇荡性情，形诸舞咏。……若乃春风春鸟，秋月秋蝉，夏云暑雨，冬月祁寒，斯四候之感诸诗者也。嘉会寄诗以亲，离群托诗以怨，至于楚臣去境，汉妾辞宫，或骨横朔野，或魂逐飞蓬，或负戈外戍，杀气雄边，塞客衣单，孀闺泪尽。又士有解佩出朝，一去忘返；女有扬蛾入宠，再盼倾国。凡斯种种，感荡心灵，非陈诗何以展其义，非长歌何以骋其情。故曰：诗可以群，可以怨。使穷贱易安，幽居靡闷，莫尚于诗矣。

天地自然的元气运转，使万物欣荣枯萎，生老病死，不断变动。自然物的变动触发人的情感，于是就有了文艺。钟嵘不仅认识到四候之感诸诗，还列举了人生嘉会、离群等种种重大的变故遭遇，这属于人事，人事的巨大波折也会感动心灵，需要诗歌加以表现。刘勰虽然也认识到人生变故对于文学创作的意义，但没有像钟嵘这样直接地予以理论上的概括。

情感并不就是文学。感物兴情的创作冲动转化为文学作

古人云形在江海之上心存魏阙之下神思之谓也
文之思也其神远矣故寂然凝虑思接千载悄焉动
容视通万里吟咏之间吐纳珠玉之声眉睫之前卷
舒风云之色其思理之致乎故思理为妙神与物游
神居胸臆而志气统其关键物沿耳目而辞令管其
枢机枢机方通则物无隐貌关键将塞则神有遁心
是以陶钧文思贵在虚静疏瀹五藏澡雪精神积学
以储宝酌理以富才研阅以穷照驯致以绎辞然后

文心雕龍卷第六
神思第二十六

明弘治十七年冯允中刻本《文心雕龙》

中国国家图书馆 藏

品，是一个复杂的心理过程。《神思》篇谈的是创作的心理活动。"神思"一词可理解为神妙之思，如曹植《宝刀赋》曰："摅神思而造像。"华核《乞敕楼玄疏》曰："宜得闲静以展神思。"宗炳《画山水序》曰："万趣融其神思。"也可理解为精神思虑，如桓谭《新论》说："尽思虑，伤精神。"刘勰《养气》曰："用思之困神。"《神思》篇的"神思"兼有

二意，指作家的精神思维很神妙。《神思》开篇曰："古人云：'形在江海之上，心存魏阙之下。'神思之谓也。"借用《庄子·让王》的话说明人心（即精神活动）超越身体的限制，神思可以与形体相分离而远游。虽然有的动物感知能力很敏锐，但动物的心灵超越不了感知的范围，受困于感知。马克思曾形

象地比喻说，虽然蜜蜂建造蜂房使人间许多建筑师感到惭愧，但是它在本质上还是一种本能活动。相反，即使是最蹩脚的建筑师也比最灵巧的蜜蜂高明，因为他在实践前已经在自己的头脑中把它建成了。建筑师在实践前已经在脑中有一座房子的形象，这是神思的能力。

　　作家的心灵思维是非常活跃的，超越时间与空间的限制。刘勰说："文之思也，其神远矣。故寂然凝虑，思接千载；悄焉动容，视通万里。"在凝虑动容的一瞬间，思绪翻飞到千年万里之外，千年万里之外景象如在目前。作家的思维不是逻辑的抽象推理，而是在情感推动下，想象伴随着表象运动，对表象加以溶化、分解，使之意象化、理想化、统一化为圆融的艺术意象。刘勰说："思理为妙，神与物游。"就是这个道理。"眉睫之前，卷舒风云之色"，指平时储存在记忆里的表象进入显意识，翻飞运动，重新组合成为意象；"吟咏之间，吐纳珠玉之声"，指表象进入意识是一个获得言辞形式的过程，作家在运思时，口中吐纳有声，即组织言辞，创造新的意象。

　　作家的想象思维活动能否活跃地展开，有两个关键，即"志气"和"辞令"。刘勰说："神居胸臆，而志气统其关键；

物沿耳目，而辞令管其枢机。枢机方通，则物无隐貌；关键将塞，则神有遁心。"志气是作家创作时精神饱满的情绪状态，心灵虚静而精神舒畅，有一种不得不写、一吐为快的心理动力，促动想象的飞腾。"登山则情满于山，观海则意溢于海"，想象到登山观海，登山观海时的情意就满溢心头。想象从记忆深处调取、激活记忆表象，记忆深处的表象能否进入显意识成为想象的材料，关键在于表象是否获得言辞形式；没有获得言辞形式的表象，深埋在记忆暗处，是无法在意识中显现出来的。

"是以陶钧文思，贵在虚静，疏瀹五藏，澡雪精神"，刘勰强调作家应保持虚静的心理状态，心地清虚明澈，不受世俗功利的污染，不受现实名缰利锁的束缚，这样才能保持审美感受力与想象力高度活跃。作家还应该调动平时学习中获得的艺术经验和才能，即"积学以储宝，酌理以富才，研阅以穷照，驯致以绎辞"，平时积累学问，斟酌事理，揣摩名篇，锤炼辞藻，此时都排上用场，襄助艺术思维将心脑中形成的意象从潜在的言辞形式转化为符合社会规范和文学规则的文本形式，即刘勰所谓"然后使玄解之宰，寻声律而定墨；独照之匠，窥意象而运斤"。玄解之宰、独照之匠，都是指作家敏锐的艺术心灵。"寻声律而定墨"指将前面所谓"吟咏之间，吐纳珠玉之声"的心中、口中的声律转化为作品中文字的声律。口中吐纳，是心理的酝酿推敲，这时言辞声律是未定型的；一旦形诸文字，文字声律就按照一定的规范而确定了。"窥意象而运斤"的意象，指想象使得情意与表象融而为一，意融于象而得到具象的呈现，象融于意而经过情思的整合，摆脱客体状态，成为有意味的艺术形式。"运斤"指心中的意象落入文字，转化为文本形式，获得语言文字的定型。从创作之初的"寂然凝虑"到此时的运斤定墨，是创作构思谋篇的关键。刘勰说："此盖驭文之首术，谋篇之大端。"

刘勰所论作家创作时的艺术思维活动，有这样几个要素值得注意：

一是"物"（表象）。"神与物游""物沿耳目"的物，即心理学上所说之表象。作家平日观察外在事物所获得的表象存于记忆深处，它们是艺术想象的基本材料。想象不是抽象的逻辑推理，而是记忆中所保存的表象被调动出来，进入意识层次，得到重新分解、组合，加工为完整的意象。陆机《文赋》说：

"情瞳昽而弥鲜，物昭晰而互进。"前句说情感由迷蒙的情绪状态而越来越鲜明，后句说表象纷纷出现，灿溢目前。联系《文心雕龙》全书来看，刘勰非常重视"物"，作家情思之兴起，是由于外物感动的结果；艺术构思之中，是"神与物游"，情感促使表象在想象中的改造、变形和重组；最后形诸文字表达，做到"物无隐貌"，即真切细腻地表现出物色的特征。《诠赋》篇"赞"说："写物图貌，蔚似雕画。"如绘画那样，逼真地描写外物。

二是"志气"和"情意"。志气指作家创作那一瞬间情绪饱满的精神状态。志气旺盛时写作的文章，无不是情性的表现。《养气》篇说："志盛者思锐以胜劳，气衰者虑密以伤神。"志气旺盛则想象力和创作力勃发，思维活跃，文思敏锐；志气衰疲则文思迟钝。志气和情意是想象的动力，规定着想象的方向，情感伴随着表象的活动，对表象变形、加工和改造。整个创作过程中，情感都处于活跃状态。《夸饰》篇说："谈欢则字与笑并，论戚则声共泣偕。"此前陆机《文赋》也说："信情貌之不差，故每变而在颜。思涉乐其必笑，方言哀而已叹。"作家的情感状态和创作中所表达的情绪是相互感染的。

想象、表象与情感三者的关系，刘勰在《神思》篇赞语中精炼地概括为："神用象通，情变所孕。"精神想象的自由运行须凭借外物表象，情思起伏变化孕育出文学的意象。

三是"言辞"。作家在艺术构思、储藏在潜意识中的表象进入显意识时，总是伴随着言辞。陆机《文赋》说："沉辞怫悦，若游鱼衔钩而出重渊之深；浮藻联翩，若翰鸟缨缴而坠曾云之峻。"表象由记忆深处进入显意识，此时艰涩难出的言辞会联翩浮现出来。创作时作家脑海中的表象运动，离不开言辞。当脑海中表象混乱繁杂时，它是以零散的、片断的言辞形式出现在意识中；而对表象的重组、加工过程，就是按照一定语言规则对这些言辞片断的有序化处理。刘勰说："物沿耳目，而辞令管其枢机。"表象能否显现于意识（即"物沿耳目"），关键在于能否获得"辞令"的形式。刘勰说："吟咏之间，吐纳珠玉之声。"俄国作家阿·托尔斯泰在《论文学》里曾经说："我建议所有的青年作家们在写作的时候，要做到口里琅琅有声。所有的大师都是嘴巴里一边大声地念，手里一边写的。"作家在创作时有一种不自觉的思维现象，即心中酝酿文思时，口中念念有词，现代心理学称之为"内部言语"。钱谷融、鲁枢元主编《文学心理学教程》说："内部言语没有完整的语法形态，然而却具有强大的活力，它是把人的心理内部的主观意思转化生长为外部扩展性言语的一种机制"；是"一种词汇稀少、句法关系松散，结构残缺、但却粘附着丰富的心理表象的、充满生殖活力的内部语言"。刘勰在《熔裁》篇说"思绪初发，辞采苦杂"，说的正是构思之初尚未获得表层句法结构的"内部言语"。

陆机《文赋》曾提出作文的基本问题是如何处理"意不称物，文不逮意"，即物、意、文三者之间的矛盾。刘勰继续陆机的话题，阐述作家在艺术构思时如何实现"意称物""文逮意"。《物色》篇说："物有恒姿，而思无定检；或率尔造极，或精思愈疏。"作家的构思与外在物色之间总会有舛错矛盾，人心不可能如镜子一样将物色客观无遗地摄入，有时略不用思，称心而出，便能捕获外物的神理；有时却越精深思索，离外物越远。这是"思"与"物"的矛盾。《神思》篇又指出"意翻空而易奇，言征实而难巧"，即"意"与"言"之间存在矛盾。作家构思时，想象驰骋，表象翻腾，情感波动，逐渐形成的"意象"是"翻空而易奇"；而作为社会约定俗成的、具有自身结构规律的语言，是"征实而难巧"的。"意"与"言"之间的矛盾普遍存在，古今中外的作家都体验到这种"言语的痛苦"。唐代刘禹锡《视刀环歌》曰："常恨言语浅，不如人意深。"这是审美意象的具体性、个体性和语言的抽象性、社会规范性之间的矛盾。刘勰受"言不尽意"论的影响，感慨说："方其搦翰，气倍辞前；暨乎篇成，半折心始。"提笔之前，兴浓神王，有满腹的话要说；落笔成篇之后，才发现当初想写的多半没有写出来。

自汉代以来，一些辞赋之士苦心竭虑，呕出肝肺，要写出惊视回听的名篇来。据说司马相如文思迟缓，用几百天才写成《子虚赋》《上林赋》，天天口含毛笔，写成时笔毛都腐烂了。扬雄写赋思虑精苦，困倦小睡时，梦见自己的五脏掉在地上，用手放回体内，醒后大病一场。在刘勰看来，作家应该控制思维，掌握方法，不必苦苦思虑，耗费精力，"秉心养术，无务苦虑；含章司契，不必劳情"。他专门设立《养气》篇，提出保养好精神志气，这样思路才能顺畅。《神思》不是已说过"志气统其关键"嘛！

中国人很早就认识到，养生之道，必爱气存神；过分思虑会消耗人的精气，损害人的心神。《吕氏春秋》曰："思虑自心伤也。"汉代高诱注："思虑劳精神，而乱于心，故自伤也。"王充提出"闭明塞聪，爱精自保"为养生延年的手段。刘勰也说："心虑言辞，神之用也。率志委和，则理融而情畅；钻砺过分，则神疲而气衰。"刘勰这里谈的是人们用思的一个规律：心虑言辞都是精神的运作，如果顺随情志，任其自然，则心思通畅，左右逢源，笔无不达；若过于钻砺苦思，则耗费精神，心气衰竭，反而会情理淤滞。这里所谓"率志委和"，近似于《世说新语·任诞》记载王子猷访戴安道"乘兴而行，兴尽而返"。钟嵘《诗品》论谢灵运说："若人兴多才高博，寓目辄书。"后四字"寓目辄书"，是"率志委和"精神状态下的即兴创作。人年轻的时候志盛思锐，经得起花费心思；年老了则精气衰疲，若过于思虑，就会耗伤精神。

每个人的天分才气都不相同，如果消耗精气去雕琢心思，斟酌辞句，过于苦费心力，那么本来为了舒散郁滞情怀的创作，反而成了促龄之具。写作文章，本来是一件满心快乐的事。陆机《文赋》就说过："伊兹事之可乐，固圣贤之所钦。"圣贤都很看重作文的乐趣。如果因为作文而消耗精气，弄得神疲气衰，很不值得。刘勰提出："吐纳文艺，务在节宣，清和其心，调畅其气，烦而即舍，勿使雍滞。"调节心态，宣导心情，内心清净，气息顺畅，做到心闲气舒。意兴若来了，便及时把握住；意兴已去，就暂且搁笔，不要劳思竭虑，空耗精气，而应该享受在创作中自我实现的快感。有很多神来之笔，都是"思合而自逢，非研虑之所课也"，在虚静的心境中猝然不思而得，而非苦心积虑的钻砺所得。因为在虚静状态下，意静神王，创造力能高度发挥。

这一点对我们今天的学生写作文也是有启发意义的。当你构思陷入困境、文思枯涩时，不妨暂时搁置，放开它，可能一会儿在你做别的事时，灵感就会突然降临，在你脑中扑腾闪耀，催促你重新拿起笔来，一挥而就。

2.才性异区，成务为用：作家才性与作品风格

文学是人学。我的老师黄霖先生以"原人"概括中国文学与文论的精髓，提出"文自人""文似人""文写人""文为

人"。刘勰论文章就是以人为中心的。《体性》《程器》等篇，专门探讨作家的禀赋、个性、才能等对于文章写作的制约。

中国文学理论对于作家的认识是有一个过程的。此前，曹丕《典论·论文》提出"文以气为主"，并对建安七子的禀赋气质、创作特点作出评论。他说："文以气为主，气之清浊有体，不可力强而致。譬诸音乐，曲度虽均，节奏同检，至于引气不齐，巧拙有素，虽在父兄，不能以移子弟。"西方如康德说过："艺术是天才的创造物。"曹丕这里虽然没有天才论的意思，但他所谓气，指作家先天禀赋的气质。人与生俱来的气禀或偏于清，或偏于浊，后天不可勉力改变。就像演奏音乐那样，同样的乐器、同样的乐谱，不同的人演奏出来是不同的。这种先天禀赋，难以传授，父兄不可传之子弟。曹丕出自豪族，身居高位，自然会强调先天禀赋。当时的杨修给曹植的信也称颂他"体通性达，受之自然"。曹氏兄弟天赋异禀，一班出身寻常的文士只能仰之如日月。这大约是曹丕提出"文艺先天论"的思想基础。

曹丕把先天气质对作文的影响看得过于绝对，当然，也并非毫无道理。艺术创作和学术研究不同，学术研究依靠的是后天的努力，勤能补拙。艺术创作的确需要以先天禀赋为基础，后天的努力使潜能最大程度地发挥出来。后天的学习能让人掌握一定的创作才能，达到一定的艺术高度，但艺术若要臻于神妙化境，是需要天赋的。作家的气质有清浊刚柔之偏，曹丕与曹植、鲁迅与周作人，虽是亲兄弟，文学风貌却迥然有异，这很大程度上是由于气禀之不同。

刘勰论作家，在曹丕"文气"论的基础上作出较大的发展和修正。《体性》曰：

> 夫情动而言形，理发而文见，盖沿隐以至显，因内而符外者也。然才有庸俊，气有刚柔，学有浅深，习有雅郑，并情性所铄，陶染所凝。是以笔区云谲，文苑波诡者矣。故辞理庸俊，莫能翻其才；风趣刚柔，宁或改其气；事义浅深，未闻乖其学；体式雅郑，鲜有反其习：各师成心，其异如面。

创作的过程是作家内部深隐的情理通过言与文而表现于外。从作家自身来说，影响创作的有才、气、学、习四个因素，才、气属于先天，学、习属于后天。这就比曹丕进了一步，注意到后天学与习的重要。才能关涉辞理，有平庸与杰出之分；气质决定风趣，有刚强与柔弱之异；学问是事义的基础，有粗浅与精深之差；习尚濡染文章体式，有雅正与浮靡之别。曹植才高八斗，远胜于曹丕的才能。阮籍气质偏柔，嵇康气质刚强，二人文章风貌迥异。陆机学问大，文章繁缛，陆云学问小，文章清省。魏晋时代，诙谐成为风气，受此风气濡染，出现一批谐讔文，文章体式靡俗不雅。不同的作家有不同的才、气、学、习，从而导致文章写作波谲云诡，复杂多样。

刘勰进一步探讨文章风格与作者才、气、学、习之间的关系，提出"八体"，即典雅、远奥、精约、显附、繁缛、壮丽、新奇、轻靡，是文章言辞形式方面表现出来的八种风貌。典雅与新奇是相对的一组，指体式而言，关乎习；远奥与显附是相对的一组，就事义而言，关乎学；繁缛与精约为一组，就辞理而言，关乎才；壮丽与轻靡一组，就风趣而言，关乎气。"八体"是众多文章呈现出来的不同风貌，在八体之上，刘勰提出"风骨"与辞采的结合为理想的文章体貌特征。魏晋时期，"风骨"本指人的精神状态，一种爽朗明峻、具有强烈感染力的精神风貌。刘勰以风骨论文章，在《风骨》篇提出："结言端直，则文骨成焉；意气骏爽，则文风清焉。……练于骨者，析辞必精；深乎风者，述情必显。""风"指郁勃深沉的情感，表达得鲜明爽朗，具有强烈的感染力。"骨"指文辞，要"结言端直"，确切精要地表达情志意旨。王运熙先生《文心雕龙译注》解释说："风的特点是清、显，即文风鲜明爽朗。它是作者意气骏爽的表现。骨的特点是运用端直、精要的语言，指作品文辞刚健精练，它是作品语言的骨干。指出风骨优良的作品，文风鲜明生动，具有强大的艺术感染力。"

风骨要与文采相结合，刘勰作了一个形象的譬喻：

夫翚翟（huīdí）备色，而翾翥（xuānzhù）百步，肌丰而力沉也；鹰隼乏采，而翰飞戾天，骨劲而气猛也。文章才力，有似于此。若风骨乏采，则鸷集翰林；采乏风骨，则雉窜文囿。唯藻耀而高翔，固文笔之鸣凤也。

翚翟是野鸡，虽然羽毛鲜艳，肌肉肥厚，但没有骨力，所以飞不高远，这是比喻只有文采而没有骨力的作品。鹰隼是猛禽，骨劲而气猛，一飞冲天，但不够美丽，这是比喻只有风骨而没有文采的作品。这两者都不是理想的文章风貌。只有鸟中凤凰，藻耀而高翔，既文采精美，又风清骨峻，才是理想的文章风貌。刘勰用"骨采"一词，表达风骨和文采兼备。钟嵘《诗品序》提出"干之以风力，润之以丹采"作为诗歌的审美理想，与刘勰的"骨采"论意思非常接近，可见齐梁时这两位著名的文学理论家具有共同的文学理想。唐代以后，诗歌讲含蓄蕴藉，文章以散体为主，追求气格高古，宋代以降的文字狱严重地摧残文士的精神品格，"风骨"一词不再是文学风格论的核心范畴了。

刘勰的才气学习论，是对曹丕"文气论"的纠正和发展，但依然还留有曹丕的影子，即他认为先天的才性具有决定性意义。《体性》说："才力居中，肇自血气。"先天禀赋的血气，决定作家才力之高下。《事类》说："文章由学，能在天资。"每个人都可以通过学习而写得一手好文章，但要达到"能品"的境地，还得依靠天资。"才为盟主，学为辅佐，主佐合德，文采必霸。"（《事类》）才气为主要条件，学习起辅佐作用，使才气得到充分的施展。刘勰对作家之才与学、先天与后天的关系的认识，是很恰当的。

孩童后天的学习尤为关键。《体性》说："才有天资，学慎始习。斫梓染丝，功在初化；器成彩定，难可翻移。故童子雕琢，必先雅制。"天资只是一种可能性，这种可能性是否会转化为现实，还得看后天的学习，特别是最初的环境。"孟母三迁"的故事就说明后天环境对学童成长的重要性。砍削树木制造家具，第一斧是关键，一下子截短了，若想制作大家具就困难了。给丝绸染色，第一次上色后，就难以改变。孩童学习也是一样，应该从模仿典雅的篇章开始。如果一开始就

（清）顾见龙《孟母三迁图》

模仿粗俗之作，后面就很难翻转改变。刘勰提出"摹体以定习，因性以练才"，前一句指模仿某一种体制风格，确定创作的方向。中国人论创作，重视模仿，通过模仿前人优秀之作而逐渐掌握作文的基本法则，然后有所变化创新。今天我们的学生作文，依然应该从模仿入手，"拟议以成其变化"。后一句说根据自己的性情来锻炼写作才干，性格偏柔，就写作婉约优美之作；性格刚强，就写作豪放壮美之篇。不过，阅读文章可以反其道而行之，性格沉静的人，应多读活泼而热闹的小说；性格急躁的，应多读宁静而平淡的诗词，把阅读文学当作心灵的体操。

唐宋以后的作家论，在不忽视才气的前提下，更重视学与识。杜甫诗曰"读书破万卷，下笔如有神"，说的是学问的广博有助于作诗。宋代严羽《沧浪诗话》提出"学诗者以识为主"，识指深刻的洞察力和超卓的胸襟，不受现象迷惑，不受世俗功利左右。到了清代，叶燮《原诗》把作家的主体精神概括为"才、胆、识、力"，清人特别强调志士之诗、志士文学。这些都是对刘勰作家论的超越。

刘勰论作家还有一个特点：他不纠缠于作家的德行，而强调作家应该有治理政治事务的实际才能。

东汉后期，随着文人阶层的崛起，社会上流行"文人无行"的说法。曹丕《与吴质书》就说："观古今文人，类不护细行，鲜能以名节自立。"意思是文人行为不检点，不重视树立良好的名节。同时的韦诞也苛刻地评论建安文人，说："仲宣（王粲）伤于肥戆，休伯（繁钦）都无格检，元瑜（阮瑀）病于体弱，孔璋（陈琳）实自粗疏，文蔚（路粹）性颇忿鸷。"这种对文人的苛责态度，在当时有一定的普遍性，并不是凭空捏造。《颜氏家训·文章》曰："文章之体，标举兴会，发引性灵，使人矜伐，故忽于持操，果于进取。"作者创作文章时，兴致高扬，情感活跃，思绪纷飞；有点儿成就便恃才骄傲，沾沾自喜，唯我独尊。用现代的话来说，艺术家生性敏感，情感丰富，跟着感觉走，往往急躁狂放，不能谨慎言行。做人须遵守社会礼法规范，而作文则崇尚自由，摆脱一切精神束缚，两者之间存在冲突。这是"文人无行"论盛行的根本原因。用今天的话来说，道德与审美具有不同的标准。如果以道德标准为依据评判审美活动，自然容易得出"文人无行"的结论。

刘勰对"文人无行"提出纠正。他首先承认"文士之疵"，的确有不少文士的品德有瑕疵。接着笔锋一转，"文既有之，武亦宜然。古之将相，疵咎实多"（《程器》），品德上有瑕疵的武将也不可胜数。刘勰进一步诘难说，西汉的孔光，位至宰相，却谄媚当时受到皇帝宠信的佞臣董贤；晋代的王戎，封为安丰侯，官至尚书令，还卖官鬻爵。这些达官贵人都做出了如此恶劣的事情来，怎么能够苛责官职卑微的班固、马融和潘岳，贫困潦倒的司马相如、杜笃、丁仪和路粹"文人无行"呢？西汉的孔光在班固《汉书》里还被标榜为"旧相名儒"，王戎还能名列"竹林七贤"，正是因为"名崇而讥减也"，名位崇高，世人对他们的讥贬也就少了。刘勰揭示出文人遭遇的双重不幸：文人多沉于下僚，而社会上的苛责讥评又多集中于他们身上。其实，人无完人，才干各有长短，自非上哲，难以求备。然而将相地位崇高，得到宽容，文士地位低下，易受苛责。

刘勰又指出，历史上品德高尚的文士还是很多的。他列举了"屈、贾之忠贞，邹、枚之机觉，黄香之淳孝，徐干之沉默"。屈原信而见疑，忠而被谤。贾谊因才高而见忌，后为梁怀王太傅。梁怀王堕马而死，贾谊伤心哭泣，抑郁而死。他们可谓忠贞之士。汉景帝时，吴王刘濞谋逆，邹阳、枚乘俱上书规谏，吴王不

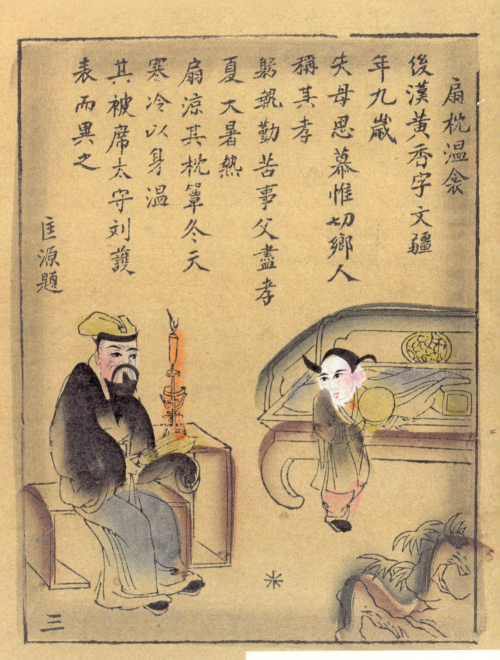

扇枕温衾

後漢黃香字文彊
年九歲
失母思慕惟切鄉人
稱其孝
躬執勤苦事父盡孝
夏天暑熱
扇涼其枕簟冬天
寒冷以身溫
其被席太守劉護
表而異之

匡源題

三

（清）佚名《二十四孝圖冊》之
黃香"扇枕溫衾"

听，于是二人离开吴而游梁。不久，刘濞以叛乱被诛。邹、枚可谓机敏警觉。黄香名列《后汉书·文苑传》，九岁时，母亲去世，思慕憔悴，乡人称其至孝。徐干"独怀文抱质，恬淡寡欲，有箕山之志（指隐居之志），可谓彬彬君子矣"（曹丕《又与吴质书》）。历史上出现这些德行和文采兼备的文士，足以否定"文人无行"的谬见，所以刘勰有力地反诘说："岂曰文士，必其玷欤？"

宋齐时期，士族和庶族严峻的阶级对立、贵贱等级差异依然存在。纪昀批《程器》曰："观此一篇，彦和亦发愤而著书者。观《时序》篇，此书盖成于齐末。彦和入梁乃仕，故郁郁乃尔耶？"刘勰这里的愤慨是有现实基础的。当然，"文人无行"的论调不因刘勰的辩驳而自动消失。比刘勰略晚的北齐尚书仆射杨遵彦撰《文德论》，以为"古今辞人皆负才遗行，浇薄险忌，唯邢子才、王元景、温子升彬彬有德素"（《魏书·温子升传》引）。萧子显《南齐书·谢超宗传赞》依旧持"文人无行"的成见；《颜氏家训·文章》更是列举大量例子以警戒子孙文人常常恃才傲物，凌慢侯王，傲蔑朋党，容易招致忌讳与祸端。

刘勰并不从德行角度衡量作家。一些德行不好的人，只要文章写得好，在《文心雕龙》中也能得到很高的评价。如扬雄模仿司马相如《封禅文》作《剧秦美新》献给王莽，指斥秦朝，美化新朝，刘勰对扬雄此文评价颇高。在他的脑子里，没有严格的忠君观念。到了宋代忠君思想被强化之后，扬雄才被拉下圣坛，遭到批评。潘岳曾参与阴谋陷害愍怀太子，品行为世人不齿，但刘勰对潘岳诗赋、哀吊、诔碑文都颇为欣赏。到隋唐实行科举制度为中下层文人进入仕途打开通道后，社会上才较为普遍地强调文士的器识和品德，并随着后世忠君观念的强化而强化。初唐时的裴行俭，既聪明多艺，又立功边陲，任吏部侍郎时提出"士之致远，先器识而后文艺"的著名命题，斥责王勃等人虽然有文才但浮躁浅露，不应享受官位。所谓"先器识"，指士人应该具有宽厚的品德与高卓的见识，偏重于道德层面。后来独孤及、韩愈等古文家都很重视醇厚的道德人格，及至宋代理学家，更是重道德而轻文辞。

刘勰论作家，不着眼于品德，而重视作家能成务为用，即具有实际的经世才能。这是有现实针对性的，是对魏晋以来士族政治、士人主宰文坛状况的抨击。魏晋时期，随着士、庶分化，士族掌握政权，"平流进取，坐至公卿"（《南齐书·褚渊王俭传论》），不需要努力，不需要政绩，凭借门资出身，就可以论资排辈，达到公卿的高位。这些士族文人，在道德文化上表现出优越感，位居高官显职，轻视庶务，缺乏实际的治才。王戎曾官居中书令、尚书左仆射、司徒，阿衡朝政，但据《晋书》本传，他"慕蘧伯玉之为人，与时舒卷，无蹇谔之节。自经典选，未尝进寒素，退虚名，但与时浮沉，户调门选而已"。陈颁批评当时的选才制度，"先白望而后实事……养望者为弘雅，政事者为俗人"（《晋书·陈颁传》）；孙绰诔刘惔云"居官无官官之事，处事无事事之心"（《晋书·刘惔传》），占据要职，却不理事务，这就是东晋上层士人的行为和精神状态。正如干宝《晋纪总论》所概括的，"学者以庄老为宗而黜六经，谈者以虚薄为辩而贱名检，行身者以放浊为通而狭节信，进仕者以苟得为贵而鄙居正，当官者以望空为高而笑勤恪"。当时新出现一个成语"望白署空"，指为官者只署文牒，签签字，而不问政务。晋与宋齐之屠弱不竞，未尝不由于此。

刘勰针对高门士人的这种屠弱浮华而提出"士之登庸，以成务为用"。君子藏器，待时而动。平时要练好本领，等待时机，"摛文必在纬军国，负重必在任栋梁；穷则独善以垂文，

达则奉时以骋绩"（《程器》）。这是他理想的文士精神。不得志
的时候应该独善其身，将情志寄寓文章以传后世；仕途通达时
应该抓住时机建立实在的功业。这是基于儒家的人生出处观。
《论语·述而》："子谓颜渊曰：'用之则行，舍之则藏，唯我与
尔有是夫。'"又《孟子·尽心上》："穷则独善其身，达则兼
善天下。"这正是刘勰之所本。在具体论述前代文学和文体时，
他处处强调文士应该达于政事，真正学文的人应该擅长政事。
据《梁书·刘勰传》，梁天监中，刘勰"出为太末令，政有清
绩"，可见他善论文而又达于政事。

　　一个人的精力是有限的，若擅长文辞，往往就在事功方
面有缺陷；特别是辞赋之士，有时恃才放旷、傲物凌人，而
实际治才需要兢兢业业，甚至循规蹈矩，因此两者有时相矛
盾。曹植《与杨德祖书》说自己："庶几戮力上国，流惠下民，
建永世之业，流金石之功。岂徒以翰墨为勋绩，辞赋为君子
哉！"似乎看到两者相互妨碍。杨修答书则说，经国流声，"斯
自雅量，素所蓄也，岂与文章相妨害哉？"意思是两者不相冲
突。在玄学清谈盛行的晋代，"虚谈废务，浮文妨要"（《世说
新语·言语》），文章与经世之间的矛盾更为突出。如谢灵运是

文章作手，诗赋一出手，马上传遍京师，但实际上并没有多少经国济世的政治才能，他自以为是贵公子孙，应当参与时政机要；到了朝廷后，"文帝唯以文义见接，每侍上宴，谈赏而已"（《宋书·谢灵运传》），宋文帝并没有真正重视他，因为他没有表现出治国的才能。可见"成务"和"能文"，在当时文士身上是分离的。可能正是针对此种弊端，刘勰提出"君子藏器，待时而动"，真正的文士应该做到"贵器用而兼文采"，"蓄素以弸（péng，充满）中"，造就出经邦纬国、治事成务的实际才能，以等待时机。（《程器》）

刘勰论作家，重视作家的实际治国之才，论文学，强调文学的实用功能，他所论的文体多是在现实社会政治生活中承担重要功能的实用文。这一点与萧统编撰《文选》有较大的差异。《文选》的入选标准是"以能文为本"，"综缉辞采""错比文华"的单篇文章才会收入，"譬陶匏异器，并为入耳之娱；黼黻不同，俱为悦目之玩"（萧统《文选序》）。显然，萧统更注重文章的辞采美感和娱乐作用。但是我们不能轻率地说萧统比刘勰更进步，他们出身不同，针对的现实问题不同，从而持有不同的文学观，是很自然的事。

3. 性各异禀，贵乎时世：文学与时代

《文心雕龙》第四十五篇为《时序》篇，近似于今人所谓文学史。他的本意并非要作一篇文学史论，而是通过纵向梳理历代文学的变迁，探讨影响文学盛衰和风貌的时代因素。第四十七篇为《才略》篇，按时代顺序品评近百位作家的文学才华和诗文风貌。两篇可以联系起来看。

唐尧、虞舜是传说中的圣人时代，是儒家营造的浑朴的远古理想。刘勰称唐尧时代"德盛化钧"，虞舜时代"政阜民暇"。《论衡》载："尧时百姓无事，有五十之民，击壤于途。观者曰：'大哉尧之德也。'击壤者曰：'吾日出而作，日入而息，凿井而饮，耕田而食。尧何力于我也！'"击壤是投掷土块的游戏。这个歌谣反映百姓无事、天下太平的景象。《列子》载尧时一则童谣曰："立我蒸民，莫匪尔极。不识不知，顺帝之则。"《尚书大传》载舜时百工相和而歌《卿云》，舜帝乃唱曰："卿云烂兮，纠缦缦兮。日月光华，旦复旦兮。"颂赞日月交替、光明相继的景象。这些早期歌谣，颂美圣世，心乐而声

泰，百姓心情快乐，声音平和。当然仔细辨析起来，从"尧何力于我也"到"顺帝之则"，再到舜帝作歌，可以发现圣人越来越被凸显。唐尧虞舜的歌谣，再加上夏朝《五子之歌》，刘勰赞曰："辞义温雅，万代之仪表也。"是后世文化的典范。把人类蒙昧的原始部落生活想象为圣人时代而作为后世的理想，是中国儒家、道家一种落后的历史观。刘勰也陷入这种宗经复古的历史观中。

商、周是《尚书》《诗经》《左传》文学的时代，刘勰既称赞《周南》《召南》与雅颂之篇"义固为经，文亦师矣"，比喻春秋外交辞令"磊落如琅玕之圃，焜耀似缛锦之肆"，同时也感慨"幽、厉昏而《板》《荡》怒，平王微而《黍离》哀"。周厉王防民之口，招致国人怨谤，周幽王是烽火戏诸侯的主角，两个昏君导致周朝由盛转衰。《诗经·大雅》之《板》《荡》都是讽刺周厉王之无道。到平王时，诸侯兼并，王室衰微，为避犬戎之难，不得不把国都从镐京东迁至洛邑。《诗经·王风·黍离》是一位周大夫行役至于宗周（镐京），过故宗庙，宫室尽为禾黍，悯周室之颠覆，彷徨不忍去而作的诗。诗曰：

彼黍离离，彼稷之苗。

行迈靡靡，中心摇摇。

知我者谓我心忧，不知我者谓我何求。

悠悠苍天，此何人哉！

彼黍离离，彼稷之穗。

行迈靡靡，中心如醉。

知我者谓我心忧，不知我者谓我何求。

悠悠苍天，此何人哉！

彼黍离离，彼稷之实。

行迈靡靡，中心如噎。

知我者谓我心忧，不知我者谓我何求。

悠悠苍天，此何人哉！

宫室尽为禾黍，这是多么令人悲伤的事啊。这位大夫见此情景，悲愤填膺，哭天抢地，向老天呼号：是谁造成今日这种局面啊！这是强烈的控诉。从此以后，"黍离"就成了感慨亡国的文化符号，在后世诗词中多次出现，如曹植《情诗》"游子

叹黍离，处者歌式微"；姜夔《扬州慢序》"千岩老人以为有黍
离之悲也"。

《黍离》写的是宗周的景象，按道理应该编入"雅"，但因
为是平王东迁后之作，孔子编诗"降王为风"，列入《王风》。
《大雅》中《板》《荡》等篇、《小雅》中部分诗篇与十三"国
风"（不算《周南》《召南》），是王道衰，礼义废，政教失，国
异政，家殊俗的"变风""变雅"。风雅正变与政治兴衰密切相
关，所以刘勰说："歌谣文理，与世推移，风动于上，而波震
于下者也。"战国时六经不为人所重，辩士纵横捭阖，诸子百
家蜂拥而起，是思想文化极度活跃的时期。刘勰说："战代任
武，而文士不绝。"西汉刘邦是草根出身，向儒生帽子里撒尿
羞辱他们，轻视学问。文帝、景帝时设立了鲁诗、韩诗、齐诗
博士和春秋公羊博士，但是不喜好辞赋，贾谊、邹阳、枚乘等
辞赋家都没有得到重用。

汉武帝崇儒，礼乐诗赋才开始兴盛起来。这种天子右文的
风气，昭、宣、元、成、哀帝一代又一代相延续，塑造了西汉
文学的盛景，为后人仰慕。西汉文学的特点，刘勰概括为"虽
世渐百龄，辞人九变，而大抵所归，祖述《楚辞》，灵均余影，

于是乎在"。两百多年的西汉文化都笼罩在楚风之下，表现在文学上，以汉赋尤为明显。

经过短暂的混乱后，汉朝迎来了光武帝的中兴。他相信图谶，还没顾及文化建设。明帝、章帝崇爱儒学，设置兰台、东观，招纳文士校书著作，特别是汉章帝曾召集大臣儒生在白虎观讲议五经，推动儒学的复兴，促进文风的转变。刘勰说："中兴之后，群才稍改前辙，华实所附，斟酌经辞，盖历政讲聚，故渐靡儒风者也。"东汉之渐靡儒风，迥异于西汉之祖述《楚辞》，刘勰很精当地揭示出世风的转变及其对文学的影响。西汉与东汉文风还有一个很大的差别是："自卿（司马相如）、渊（王褒）已前，多俊才而不课学；（扬）雄、（刘）向已后，颇引书以助文。"西汉人凭才气作文，不讲究学问；东汉人引用书本知识帮助作文，这可能是"明、章崇儒"的结果。

到了东汉末年，桓帝、灵帝爱好辞赋，设置鸿都门学，卖官鬻爵，招引一批出于微蔑的斗筲小人，他们因擅长书画辞赋而得到高位，激起蔡邕、杨赐等儒士的不满，形成儒学与辞章的对立。现在有人说鸿都门学是中国最早的大学，其实它是东汉末年朝廷的一场闹剧，但鸿都门学的风气濡染了曹氏父子，他们爱好文辞，客观上促进了诗赋辞章的发展。曹丕那个时代被称为"文学自觉"的时代，不能说与鸿都门学没有关系。刘勰重儒，对鸿都门学是贬抑的，说："其余风遗文，盖蔑如也。"鸿都门学中人的作品都没有流传下来。

东汉最后一个皇帝为汉献帝，年号建安，天下分崩，战乱扰攘，大权实旁落于曹操之手。曹公父子，笃好斯文。刘勰说："魏武以相王之尊，雅爱诗章；文帝以副君之重，妙善辞赋；陈思以公子之豪，下笔琳琅。"辞章之士纷纷归附，最著名的为孔融、陈琳、王粲、徐干、阮瑀、应场、刘桢建安七子。乱世中，礼法荡然，思想束缚松懈了。乱世似乎给人提供了群雄逐鹿的机会，加上曹氏父子重视文人，这些文人都想依附他们干一番大事业，情怀慷慨悲怨，风貌刚健明朗，在文学上形成了特定的"建安风骨"。"观其时文，雅好慷慨，良由世积乱离，风衰俗怨，并志深而笔长，故梗概而多气也。"（《时序》）慷慨、梗概都是心中有不平之气的意思。他们的诗文真率抒情，明白爽朗，具有鲜明的时代特色。"宋来美谈，亦以建安为口实。"（《才略》）建安时代与武帝时代虽治乱不同，都是后世推崇的文学盛世。我们看王粲的《登楼赋》：

登兹楼以四望兮，聊暇日以销忧。览斯宇之所处兮，实显敞而寡仇。挟清漳之通浦兮，倚曲沮之长洲。背坟衍之广陆兮，临皋隰之沃流。北弥陶牧，西接昭丘。华实蔽野，黍稷盈畴。虽信美而非吾土兮，曾何足以少留？

遭纷浊而迁逝兮，漫逾纪以迄今。情眷眷而怀归兮，孰忧思之可任。凭轩槛以遥望兮，向北风而开襟。平原远而极目兮，蔽荆山之高岑。路逶迤而修迥兮，川既漾而济深。悲旧乡之壅隔兮，涕横坠而弗禁。昔尼父之在陈兮，有归欤之叹音。钟仪幽而楚奏兮，庄舄（xì）显而越吟。人情同于怀土兮，岂穷达而异心。

惟日月之逾迈兮，俟河清其未极。冀王道之一平兮，假高衢而骋力。惧匏瓜之徒悬兮，畏井渫（xiè）之莫食。步栖迟以徙倚兮，白日忽其将匿。风萧瑟而并兴兮，天惨惨而无色。兽狂顾以求群兮，鸟相鸣而举翼。原野阒其无人兮，征夫行而未息。心凄怆以感发兮，意切怛而惨恻。循阶除而下降兮，气交愤于胸臆。夜参半而不寐兮，怅盘桓以反侧。

汉献帝初平三年（192），因董卓部下李傕、郭汜劫掠长安，王粲

被迫离开京城长安，南下避难于荆州，依附刘表，但没有得到刘
表的重视，心情一直比较抑郁。建安十三年（208），王粲投靠了
曹操。这篇《登楼赋》是建安十三年之前王粲依附刘表时所作。
所登之楼，是荆州漳、沮二水交会之处的麦城城楼。首段铺写登
楼所见的异乡风光，地势开阔，山川秀美，物产富饶，眼前乐
景引起心中的哀情，再好的美景，也不是家乡。"望""忧"两字
奠定了全文的抒情基调。次段形容怀乡情绪之强烈，遭逢乱世，
漂泊他乡已逾一纪，凭轩遥望，川广山高，思乡之泪禁不住地
坠落。联想到历史上的人物，对故乡的情感不因幽显穷达处境
不同而改变，对思乡之情作进一步的渲染。末段抒写时光易逝
而才能不得施展的内心苦闷，日惨风萧，兽狂鸟倦，原野寂寥
的傍晚景色，烘托出作者的凄怆情怀。"冀王道之一
平兮，假高衢而骋力"，表达了作者期盼遇见明
君以实现平定天下的政治抱负。开篇写因

（元）夏永《黄楼赋图》

美国大都会艺术博物馆 藏

解忧散愁而登临，至篇末则因登楼又复添愁绪，于是"循阶除而下降兮，气交愤于胸臆"，前后相照。该文在大的世变背景中抒写怀乡之情，更富有感染力。全文即景抒情，情景交融，用典贴切，风格沉郁，层次清晰，语言清丽，是建安时代抒情小赋的代表性作品。王粲不愧为"建安七子"之首。

过去对曹丕兄弟的评价，多扬植抑丕，这可能是出于同情弱者的普遍心理，加之曹植诗文多抒写失败的悲哀，更容易引起人们的共鸣。刘勰认为："俗情抑扬，雷同一响，遂令文帝以位尊减才，思王以势窘益价，未为笃论也。"文学批评不能依据政治成败。他花费不少笔墨辩驳这种陈见，对曹植略有抑制，对曹丕有所拔高。刘勰生活的宋齐时代，宗室自相残杀的现象非常普遍，宗王略有才干，觊觎皇位，就可能招致杀身之祸。刘勰借对曹植兄弟的重新评价，抑制萧齐政治格局中宗王的任性狂悖，提示有文才的宗王在乱世中应收敛个性，明哲保身，维护朝政的稳定。刘勰"扬丕抑植"，不只是对历史上的曹丕、曹植文才作高下之分，还体现出他对当时萧齐宗王内乱政局的关注和担忧。

到了曹魏后期，司马懿家族如法炮制当年曹操、曹丕取代汉室的手段，曹丕之孙高贵乡公曹髦就是被司马氏的人杀死的，手段之残忍，比曹操、曹丕有过之无不及。当时政治高压，人人自危。于是托言玄远的玄言诗风开始兴起。司马氏篡国建立西晋，先是消灭蜀、吴，后是八王之乱，顾不上文学之事。尽管如此，刘勰仍说："晋虽不文，人才实盛。"陆机、陆云、潘岳、潘尼、左思、张协、张亢、张华、应贞、傅玄、傅咸、孙楚、挚虞、曹摅、刘琨、成公绥、夏侯湛，等等，真可谓文才总是成群结队而来。只可惜，其中不少人都在混乱中死于非命，如潘岳、张华、陆机、陆云都死于八王之乱。刘勰感慨说："前史以为运涉季世，人未尽才，诚哉斯谈，可为叹息。"到了东晋时，玄言诗再度兴起。"自中朝贵玄，江左称盛，因谈余气，流成文体。是以世极迍邅，而辞意夷泰。诗必柱下之旨归，赋乃漆园之义疏。"东晋诗人清谈，谈老庄又谈佛学。政局很不稳定，但这些高门士族"有家无国"，把家族利益放在第一位，对国家政局不大关心，所作诗赋重在表达对《老》《庄》玄妙之义的理解。

在佛道相融的玄学影响下的玄言诗，其创作机制不同于主流的感物兴情诗歌，是"寓目理自陈"的"理感"运思模式。

庐山诸道人《游石门诗》曰："超兴非有本，理感兴自生。"所生之兴是对超越性的宇宙人生道理的体悟。王羲之《兰亭诗》：

> 三春启群品，寄畅在所因。
> 仰望碧天际，俯磐渌水滨。
> 寥朗无涯观，寓目理自陈。
> 大矣造化工，万殊莫不均。
> 群籁虽参差，适我无非亲。

后四句即是对"理"的感悟。万物各有其性，各得造化之机，虽然参差不同，但与我相适无碍，皆可亲近。谢安《兰亭诗》：

> 相与欣佳节，率尔同褰裳。
> 薄云罗景物，微风翼轻航。
> 醇醪陶丹府，兀若游羲唐。
> 万殊混一理，安复觉彭殇。

万物各尽其性，即全其天理，没有必要拿一个尺度去衡量。这些诗篇写的都是对超越性的道的感悟。谢灵运《石壁精舍还湖中

（清）樊沂《兰亭修禊图》局部

美国克利夫兰艺术博物馆 藏

作》末二句"虑澹物自轻，意惬理无违"，人的思虑淡薄了，就不会被外物所奴役；心胸豁达圆融，则一切事理都无违碍。这显然是"理感"的运思方式，而非情以物兴，物以情观。可惜，就像中国传统文化中存在正统对异端的排斥、主流对支流的压抑一样，"理感"模式一直受到"物感"模式的压制。刘勰、钟嵘认同的是"物感"，排斥新起的"理感"，都对玄言诗持批评态度。刘勰《明诗》曰："江左篇制，溺乎玄风。……虽各有雕采，而辞趣一揆。"钟嵘《诗品序》曰："永嘉时，贵黄老，尚虚谈。于时篇什，理过其辞，淡乎寡味。"后来的唐宋之争，背后也是这两种诗学模式的冲突。

东晋玄言诗风的衰微和转变，当时各家说法不同。檀道鸾《续晋阳秋》说："至义熙中，谢混始改。"义熙（405—418）为东晋末安帝的年号。沈约《宋书·谢灵运传论》说："仲文始革孙许之风，叔源大变太元之气。"他认为是殷仲文和谢混（字叔源）开始改变玄言风气。但萧子显《文学传论》曰："仲文玄气犹不尽除，谢混清新，得名未盛。"刘勰的批评更为苛刻，说："殷仲文之孤兴，谢叔源之闲情，并解散辞体，缥渺浮音，虽滔滔风流，而大浇文意。"所谓"解散辞体"，或许是针对谢混、殷仲文的辞赋而言，因原文不存，难以坐实。钟嵘《诗品》说："晋宋之际，殆无诗乎？义熙中，以谢益寿、殷仲文为华绮之冠。殷不竞矣。"与当时平淡的玄言诗相比，谢混、殷仲文的诗歌是最为华美绮丽的，二人相比，殷仲文不如谢混。试看他们存世的两首诗。

南州桓公九井作

殷仲文

四运虽鳞次，理化各有准。

独有清秋日，能使高兴尽。

景气多明远，风物自凄紧。

爽籁警幽律，哀壑叩虚牝。

岁寒无早秀，浮荣甘夙殒。

何以标贞脆，薄言寄松菌。

哲匠感萧晨，肃此尘外轸。

广筵散泛爱，逸爵纤胜引。

伊余乐好仁，惑祛吝亦泯。

猥首阿衡朝，将贻匈奴哂。

南州，即姑孰（今安徽当涂）。桓公指桓玄。桓玄不臣之迹早著。元兴元年（402 年）居姑孰，"大筑城府，台馆山池，莫不壮丽"（《晋书·桓玄传》）。殷仲文的妻子是桓玄的姐姐。他此时投奔桓玄，总领诏命，担任侍中，兼任左卫将军。殷仲文劝桓玄早受禅，并私自撰九锡文及册命。次年十二月，桓玄筑坛于当涂九井山北，百官亦到姑孰劝桓玄僭伪位，于是即皇帝位。殷仲文这首诗作于桓玄僭位前。言四时运行，如鱼鳞之相次；事理之变化，也各有定准。值此清秋佳日，令人兴致高涨，尽情愉悦。阳光明媚，天朗气清，景物凄紧。清风激于幽深之处，空虚的山谷发出阵阵哀响。天气寒冷，树上的果实已不可见，秋华早已陨落。何物坚贞？何物脆弱？请看看林间的青松和朝菌。大哲桓公秋晨进驾于高山，大设宴席，飞杯进盏，相引而饮，可谓泛博爱士。我亦忝列其间，敬重仁德的桓公，鄙吝之怀顿然消逝。自己才能浅薄，而受到桓公重用，恐怕要为人取笑了。看似自谦，实际上是赞美桓玄。阿衡，指像商朝伊尹那样辅佐国君的官，这里代指桓玄。此诗是一篇颂词，向篡国者阿谀奉承，内容不值得肯定。但是从首二句言玄理转向后十句之写景，再转向写人事，抒怀抱，显示出摆脱玄言、转向山水的新方向。

游 西 池

谢 混

悟彼蟋蟀唱，信此劳者歌。

有来岂不疾，良游常蹉跎。

逍遥越城肆，愿言屡经过。

回阡被陵阙，高台眺飞霞。

惠风荡繁囿，白云屯曾阿。

景昃鸣禽集，水木湛清华。

褰裳顺兰沚，徙倚引芳柯。

美人愍岁月，迟暮独如何。

无为牵所思，南荣诚其多。

西池，丹阳西。此诗大意为想念友朋，相与为乐。吟咏《诗经·唐风·蟋蟀》和《小雅·伐木》，感悟日月飞逝，人应该交友行乐。时间过得太迅疾，许多出游都错过了。这次安闲地

（日）细井徇绘《诗经·唐风·蟋蟀》诗意

出城门去游览西池，穿过城阙与山陵间迂回的小道，登上高台眺望天边彩霞飞动。和煦的春风吹拂苑囿中繁盛的草木，远处山峦间白云堆积。夕阳下飞鸟和鸣，园林倒映于清澈的池沼。提起衣襟，徘徊于花草遍地的小洲，手攀芳林的枝条。相约的友人迟迟不来，我将如之何？不必被世俗之念所侵扰，领悟《庄子·庚桑楚》中"全汝形，抱汝生，无使汝思虑营营"的道理，就可以超脱世俗、养生全年。虽然末二句还是玄言的尾巴，但中间十二句描写西园之景。如果删去末二句，算它是山水写景诗也未尝不可。初唐《艺文类聚》就截取中间为"逍遥越郊肆，愿言屡经过。回阡被陵阙，高台眺飞霞。惠风荡繁囿，白云屯曾阿。褰裳顺兰沚，徙倚引芳柯。美人愆岁月，迟暮独如何"十句，成为一首意象圆足的山水诗。就谢混、殷仲文这两首诗来看，檀道鸾、萧子显、沈约、钟嵘的评价，比刘勰更为中肯。刘勰对晋宋之交文学的评价是较为苛刻的。

对于时代相对较近的文学，刘勰论述得较为简略。刘宋前期帝王如武帝、文帝、明帝重视文学，于是王、袁、颜、谢家族文学霞蔚飙起。世近易明，无劳甄序，他未作具体评论。对于身处其中的萧齐帝王，刘勰给予最高的赞美，并称颂萧齐文学："经典礼章，跨周轹汉，唐虞之文，其鼎盛乎！"全是虚美之词。看来刘勰也不得不顾及世情利害而有所隐讳。

时代对文学的影响，刘勰归结为一个道理，即："文变染乎世情，兴废系乎时序。"世情和时序包括这样几个方面：

（1）社会政治的治乱盛衰对于文学的内容和风格具有重要的影响。刘勰接受郑玄的"正变"论，以社会政治的"正变"解释文学的"正变"。他论建安文学梗概多气的风格，归因于"世积乱离，风衰俗怨"，遭遇丧乱之世，直接影响到作家的创作内容和风格。

（2）帝王对文学的爱好、对文士的礼遇，以及他们合理的文艺观念，直接推动文学的兴盛。《才略》篇说："魏时话言，必以元封为称首；宋来美谈，亦以建安为口实。"后人之所以对汉武帝元封年间和汉末建安时期的文学津津乐道，就因为那是君臣际会的好时代，汉武帝和汉末曹氏父子都爱好文学，优遇文士，带动文学的兴盛。

（3）上层统治者提倡的思想文化对当时的文风产生重要的影响。汉初好楚风，于是大抵所归，祖述《楚辞》；东汉重儒学，于是文学也渐靡儒风。魏晋时帝王和士人好玄言，于是因谈余气，流成文体。刘勰尤其强调帝王和上层统治者崇尚儒学对于兴隆文学的积极意义。

（4）具体的文治制度和措施，对文学的兴废产生一定的作用。西汉的"石渠论艺"、东汉的"白虎讲聚"、汉末的"鸿都门学"等朝廷重大文化事件都直接关涉当时文学的盛衰。

（5）个人的现实遭际也影响其文学成就。刘勰叹息西晋的文人"运涉季世，人未尽才"，在一个不重视文士和文学的社会环境中，文人的才能未能得到充分的发挥，未能取得应有的成绩，是非常遗憾的。不过另一方面，《才略》篇论东汉早期的冯衍"雅好辞说，而坎壈盛世，《显志》《自序》，亦蚌病成珠矣"，真正有才的文士，在盛世中遭遇不幸或受到压抑，反而可以激发他的创作热情和才能，在文学上获得成就。

每个作家都生存于特定的时代，受到世情时序所左右，难以超越。刘勰感慨说："嗟夫，此古人所以贵乎时也。"（《才略》）

剖情析采二十四门（下）：向刘勰学写作

1. 遣词造句

刘勰说："文场笔苑，有术有门。"(《总术》) 作文是有方法门径的。但"情致异区，文变殊术"(《定势》)，作者的情志各有不同，作文的方法也多种多样。变文之数无方，文无定法，但有一些基本规则必须遵守。刘勰专门设置《总术》篇，强调文术的重要性。《镕裁》《章句》《练字》《附会》等篇论述如何练字造句、谋篇布局。其中有很多认识对于今人写出好文章，也富有启发意义。

文章由字句组成篇章，作文的过程是因字而生句，积句而为章，积章而成篇，就像造房子一样，在砌垒一砖一瓦的时候，脑中已有房子的模样；在写字句时，心中已有成篇的预设。从字句到篇章，从篇章到字句，是反复循环的思维过程。

为了表述方便，我们先从字句说起。

《文心雕龙》有《练字》篇。连缀字而成篇，必须拣择。刘勰所谓练字，不是着眼于意义表达效果来选用词语，而是从字形书写美观的角度，慎重地选择文字。汉代如司马相如、扬雄等辞赋家同时也是文字学家，作辞赋多用奇字。"自晋来用字，率从简易"，晋代以降的文章多用常见字。刘勰和沈约都主张写文章应当使用通用常见字，不用古奥生僻字。"讽诵则绩在宫商，临文则能归字形矣"，诵读起来要有音乐美感，看上去要字形美观。

他提出几个原则：一避诡异，二省联边，三权重出，四调单复。避诡异，即不用生僻字。写文章本来是为了交流思想感情，生僻字反而阻碍交流。省联边，即避免同一偏旁字联在一起，如《上林赋》形容流水曰："沸乎暴怒，汹涌彭湃，滭弗宓汩，逼侧泌瀄，横流逆折，转腾潎洌，滂濞沆溉。"以水作偏旁的字太多，书写起来不好看。权重出，即避免同字相犯。古人写文章，一句内遇到重复字，尽量避开，选择同义词代替。如《物色》篇"春秋代序，阴阳惨舒，物色之动，心亦摇焉"，按意思是"物色之动，心亦动焉"，为了避免重复，"动"改为"摇"。刘勰说："善为文者，富于万篇，贫于一字。一字非少，相避为难也。"权衡重出字，找到恰当的字来代替，须花费心力。今人写文章，除非是为了强调，一般应避免一句内重复使用实字。调单复，单指独体字，复指合体字，一句连续使用独体字或连续使用合体字，书写起来都不好看。这完全是从书写美观角度说的。

《指瑕》篇谈的是用词不当。如曹操去世后，曹植作《武帝诔》，有句曰"尊灵永蛰"，"蛰"字本来用于昆虫蛰伏，怎能用于父王呢？曹丕去世后，曹植献给魏明帝的《冬至献袜颂》有句曰"圣体浮轻"，在刘勰看来，"浮轻有似于蝴蝶"，用于修饰"圣体"，不够庄重。向秀悼念嵇康，作《思旧赋》，其中曰："昔李斯之受罪兮，叹黄犬而长吟；悼嵇生之永逝兮，顾日影而弹琴。"李斯被腰斩是罪有应得，怎能与嵇康之无罪被害相并论呢？在刘勰看来，这都是比拟不伦，不够得体。这些瑕疵看似微小，不必吹求，但是"句之清英，字不妄也"，要想句子写得精彩，就要求文字没有讹误。文字讹误不是小毛病，"斯言一玷，千载弗化"，作品一旦出了毛病，千百年也改变不了。

《指瑕》是最早的"文章病院"，后世诗话笔记也多指摘疵病。清代章学诚《古文通义》专列《古文十弊》篇，夏丏尊、叶圣陶过去编中学生刊物曾开设"文章病院"专栏，现在有《咬文嚼字》杂志，都是延续刘勰的道路，推敲文字，纠正讹误，力求汉字表达准确得体。的确如刘勰所说，"虽有俊才，谬则多谢"，即使有杰出的才能，运用文字发生错误也是令人惭愧的。平时作文，对文字要多加推敲，细致斟酌。

这里举几个常见的文字疵病。见到过一些唁电中写道："对某某的家属表达沉痛的哀悼和亲切的慰问。"这个表达很不得体。吊死问生，哀悼的对象是死者，慰问的对象是生者，两个词不能并列。有一些祝寿词用"先生之风，山高水长"，此句出自范仲淹《严先生祠堂记》，是赞扬远古有德者的遗风，用于给健在者祝寿就不切当、不得体。有的文章说："九一八事变拉开了日本侵华战争的序幕。"这也很不切当。拉开序幕，比喻某个事件犹如观众期盼电影、话剧一般开始了，有急切期盼的感情色彩，怎能用于日本侵华战争？这些例子不胜枚举。平时应该留心，谨慎地运用文字，努力做到"令章靡疚，亦善之亚"。

除了消极地指瑕外，刘勰还积极地提出"捶字坚而难移"
（《风骨》），即锤炼最为准确恰当、有表现力的文字。清人刘大櫆
《论文偶记》所谓"文章到极妙处，便一字不可移易"，亦是此意。
古人"吟安一个字，捻断数茎须"，无不用心力于锤炼字句，通常
称为"炼字"。写文章，用词应该准确精当，既须珠圆玉润，合乎
习惯，又要避免陈词滥调；既新奇生动，又忌生硬诡怪，违背习
惯，模棱两可，难以索解。刘勰说："易字艰于代句。"替换一个
字是很艰难、费心力的。下面举一些例子，希望读者能用心体会。

《战国策·赵策·触龙说赵太后》称太后死曰"山陵崩"，
自称死曰"填沟壑"，前者委婉，后者自谦，非常得体。

陶渊明《饮酒》"采菊东篱下，悠然见南山"，据说有一
版本作"望南山"，望是有意识地看，见是无意间相遇。"见南
山"，其闲远自得之意超然邈出宇宙之外。宋代《蔡宽夫诗话》
曰："俗本多以'见'为'望'字，若尔则便有褰裳濡足之态
矣。乃知一字之误，害理有如此者。"

曹植《洛神赋》曰："远而望之，皎若太阳升朝霞；迫而
察之，灼若芙蓉出渌波。""望"与"察"有远近之不同。

（清）石涛《渊明诗意册页》之
"悠然见南山"

故宫博物院 藏

陶潜《杂诗》"日月掷人去","掷"字拟人，颇有力度感，写出时光流逝之无情。

李白《塞下曲》"边月随弓影，胡霜拂剑花"，用"随""拂"二动词，看似随意，实正是诗眼，富于动态感。沈德潜《唐诗别裁》说："只'弓如月、剑如霜'耳，笔端点染，遂成奇彩。"

杜甫《秦州杂诗》有句"晴天养片云"，钱谦益评曰："晴天无云，而'养'片云于谷中，则崖谷之深峻可知矣。山泽多藏育，山川出云，皆叶'养'字之义，'养'字似新而实稳。"

杜甫《江边小阁》"薄云岩际宿，孤月浪中翻"二句，从何逊《入西塞》诗"薄云岩际出，初月波中上"翻出。"宿"字以云拟人，"翻"字以月拟鸟，静景得活，可谓点铁成金。

欧阳修《醉翁亭记》"有亭翼然临于泉上者"，"翼"字写出亭之景象如在目前，情貌无遗，颇有画面感。

汉字根据字义可分为虚词、实词。古人一般认为名词、动词、形容词等是实词，副词、连词、语气词等为虚词，或称为助词。虚词虽无实在意义，但能助实词之情态，调谐词气，更

好地传神达意。如《论语·雍也》："子曰：'贤哉回也，一箪
食，一瓢饮，在陋巷，人不堪其忧，回也不改其乐。贤哉回
也。'"三个"也"字助词感叹，如闻其语，如见其人。善于作
文的人，往往在虚词上推敲锤炼。范公偁《过庭录》记载：

> 韩魏公（琦）在相，曾乞《昼锦堂记》于欧公，云"仕宦至
> 将相，富贵归故乡"，韩公得之爱赏。后数日，欧复遣介（送信
> 的人）别以本至，云："前有未是，可换此本。"韩再三玩之，无
> 异前者，但于"仕宦""富贵"下各添一"而"字，文义尤畅。

"仕宦至将相，富贵归故乡"，文气局促，显得直率；改为"仕
宦而至将相，富贵而归故乡"，文气舒畅，意思曲折顿挫。欧
阳修《岘山亭记》"元凯铭功于二石，一置兹山，一投汉水"
句，章惇谓宜改作"一置兹山之上，一投汉水之渊"，方为中
节，欧公喜而用之。补上"之上""之渊"四字，语气更显舒
缓，山之上，水之渊，对比更有力度。

助词可以提示语篇结构的承传转换。刘勰《章句》篇论曰：
"至于'夫''惟''盖''故'者，发端之首唱；'之''而''于'

'以'者，乃札句之旧体；'乎''哉''矣''也'者，亦送末之常科。据事似闲，在用实切。"发端之首唱，即句首发语词；札句之旧体，即句中衔接词；送末之常科，即句尾语气词。虽然没有实义，但各有用处，实词之逻辑结构、语气之轻重、口吻之拟似，均是依靠助词传达的。

"矣"与"也"字都是句末语气词，用法有微妙的差别。"也"字表达论断的语气，"矣"字表达叙说的语气。句意之为当然者，"也"字结之；句意之为已然者，"矣"字结之。如《论语·季氏》："吾闻其语矣，未见其人也。"《论语·先进》："由也升堂矣，未入于室也。""闻其语""升堂"是叙述已然之事实，故用"矣"；"未见其人""未入于室"是判断，故用"也"。《庄子·养生主》："臣之所好者道也，进乎技矣。"从"也"与"矣"看其意思为，我喜好的是道，已经超过技术了。

句子是表达一个相对完整意思的语言单位。六朝时的诗文，追求奇巧警策之句。陆机提出"立片言以居要，乃一篇之警策"，警策之句又称秀句，以卓绝为巧，是一篇中挺拔突出、富有表现力、能警人心目的句子，如谢灵运的"池塘生春草，园柳变鸣禽"，谢朓的"余霞散成绮，澄江静如练"等句，是他们诗中的秀句。刘勰很重视研讨字句，说："句有可削，足见其疏；字不得减，乃知其密。"（《镕裁》）一句中可有可无的字应该删去，须字字得力。刘知几《史通·叙事》举《汉书·张苍传》"年老口中无齿"，认为"年""口中"三字烦复可删去，作"老无齿"即可。王若虚《史记辨惑》举《赵奢传》"廉颇之免长平归也，失势之时，故客尽去"句，认为"免归"即"失势时"也，何必再下此句，"失势之时"四字宜删去，做到句中无余字。欧阳修《醉翁亭记》据说最初对滁州山景有繁复的描绘，最后定稿时改为"环滁皆山也"一句。这是文章尚简的嘉话。当然，句子并非越简越好。正如刘勰所说："思赡者善敷，才核者善删。"思路丰富的人善于铺陈，才思严谨的善于删削。删削应该是"字去而意留"，不能导致文意残缺，表达不清晰。铺陈应该做到"辞殊而意显"，文辞不杂芜，不重复，有变化，意思更为显豁清楚。

五经本就有"简言以达旨"与"博文以该情"之不同，后世文章诗词也有繁简风格的差异，同样的事物与意思，根据表达的需要，可繁言之，可简言之。

《尚书·君陈》："尔其戒哉！尔惟风，下民惟草。"文字简古。《论语·颜渊》："君子之德风，小人之德草，草上之风必偃。"繁简适中，堪称格言。刘向《说苑》："夫上之化下，犹风靡草，东风则草靡而西，西风则草靡而东，在风所由，而草为之靡。是故人君之动，不可不慎也。"意思最为显豁。这既是因为时代的不同，也与语体风格有关。

古诗曰："生年不满百，常怀千岁忧。"陶渊明《九日闲居》曰："世短意常多。"繁简殊致，各得其妙。

同样表达文武难兼的意思，晋人说："随陆无武，绛灌无文。"（《晋书·刘元海传》。随、陆：随何、陆贾，汉初的文官；绛、灌：绛侯周勃、灌婴，汉初的武将）唐人郑亚说："周勃、霍光，虽有勋伐，而不知儒术；枚皋、严忌，善为文笔，而不至岩廊。"（《太尉卫公会昌一品制集序》）宋代欧阳修说："如唐之刘、柳（刘禹锡、柳宗元）无称于事业，而姚、宋（姚崇、宋璟，唐开元时宰相）不见于文章，彼四人者犹不能两得，况其下者乎！"（《薛简肃公文集序》）意同而辞异，各具匠心。

同样是咏燕子楼，秦观词曰："小楼连远横空，下窥绣毂雕鞍骤。"（《水龙吟》）苏轼词曰："燕子楼空，佳人何在，空锁

楼中燕。"（《永遇乐》）

可见繁简本身不是问题，问题在于"字删而意阙，则短乏而非核；辞敷而言重，则芜秽而非赡"。简洁但不能损害文意，繁缛但不能重复乃至芜秽。刘勰论文并非一味尚简，但是为了针砭当时"饰羽尚画，文绣鞶帨"的浮艳风气，他提出写文章应讲究镕裁："规范本体谓之镕，剪截浮词谓之裁。"前一句指根据写作目的与内容来确定采用什么文体，后一句指删去浮泛空洞的词句。

《左传》记载鲁僖公三十三年秦晋崤之战，秦军大败，"秦大夫及左右皆言于秦伯曰：'是败也，孟明之罪也，必杀之。'秦伯曰：'是孤之罪也。'"秦伯犹用孟明，孟明增修国政，重施于民，终于在鲁文公三年大败晋国，封殽尸而还，遂霸西戎。清初魏禧论曰：

门人问如何方是"简"之妙？曰：如"秦伯犹用孟明"，突然六字起句，格法既高，只一"犹"字，读过便见五种义味：孟明之再败，孟明之终可用，秦伯之知人，不以再败而见弃，时俗人之惊疑，君子之叹服，皆一一如见，不待注释解说

而后明。如此乃谓真简。真化工之笔矣。(《日录》)

这是辞简而意丰。六朝人的诗文存在过于芜秽繁复的现象，刘勰《镕裁》篇提出："一意两出，义之骈枝也；同辞重句，文之疣赘也。"如果无关紧要的、雷同的句子和意思在文章中多次出现，就属于辞句繁芜的毛病。如颜延之《祭屈原文》"访怀沙之渊，得捐佩之浦；弭节罗潭，舣舟汨渚"，本来两句意思就完整了，非得敷衍为四句，显得繁芜。清人杭世骏批评一个人作诗，前面已经说了"喃喃转妙莲"，后面又说"一百八声圆"，犯了"一意两出"的毛病；咏藤鼓诗，前面已经说了"响应双鼛鼛"，末尾又言"逄逄千声鼟"，犯了"同辞重句"的毛病。今人写文章，也应该避忌一意两出、同辞重句，免得繁杂凌乱。

对偶是汉语文辞的一个重要特点。六朝是骈体文的时代，诗文都讲究对偶。萧绎《诗评》曾说："作诗不对，本是吼文，不名为诗。"刘勰很重视对偶，设有《丽辞》篇专门谈论对偶。丽，繁体作"麗"，指鹿结伴而行；骈，两马并驾。骈文、丽辞都指文章对偶。自然界的事物，天地、日月、山河、昼夜、男女、阴阳等等多是对偶的，文辞也具有自然成对的特征。如《尚书》"罪疑惟轻，功疑惟重""满招损，谦受益"，《周易·乾卦·文言》"云从龙，风从虎"，《诗经》"投我以桃，报之以李"，《论语》"仰之弥高，钻之弥坚"，《孟子》"生于忧患，死于安乐"，等等，都是自然成对，不费心思经营。从汉代辞赋作家开始，越来越追求对偶的精巧新奇，乃至于"俪采百字之偶，争价一句之奇"。谢灵运诗歌的一个特征是从首到尾，几乎全篇对偶。骈文之所以得名，就是因为以对偶句为主。

刘勰把对偶分为四种。按是否用典，分为言对、事对，言对直陈，较为容易，如司马相如《上林赋》"修容乎礼园，翱翔乎书圃"；事对用典，要两事相配，难度增加，如宋玉《神女赋》"毛嫱鄣袂，不足程式；西施掩面，比之无色"，毛嫱、西施均是用典。按上下两句意义的相关性，分为正对、反对，如王粲《登楼赋》"钟仪幽而楚奏，庄舄显而越吟"，一幽一显是反对；张载《七哀》"汉祖想枌榆，光武思白水"，想与思是正对。反对为优，因为正反两方面可以相互补充映衬；正对为劣，因为两句意思相同相应，容易造成合掌，即上下一意，同辞重句。如张华《杂诗》"游雁比翼翔，归鸿知接翮"，刘琨

《重赠卢谌诗》"宣尼悲获麟，西狩泣孔丘"，沈约《应王中丞思远咏月》"方晖竟入户，圆影隙中来"，都是上下句同义重复，犯了合掌之病。

"寓同于异"是一个美学原则。刘勰提出"迭用奇偶"，符合这个原则，很值得重视。迭用奇偶，整齐与变化相统一，构成文气的节奏。六朝的骈文以偶句为主，兼用散句以运抟辞气。唐代以后的古文以散句为主，文气疏荡，但也参以偶句，整饬其节奏。如韩愈古文名篇《原道》就是"迭用奇偶"的典范，开篇曰："博爱之谓仁，行而宜之之谓义，由是而之焉之谓道，足乎己无待于外之谓德。仁与义为定名，道与德为虚位。故道有君子小人，而德有凶有吉。"意思骈对而文气游衍。百余年前，吴曾祺著《涵芬楼文谈》曰：

自散体之作，别于骈俪为名。于是谈古文者，以不讲属对为自立风格。然平心而论，二者如阴阳畸耦，不可偏废。自六经以外，以至诸子百家，于数百字中，全作散语，不著一偶句者，盖不可多得。此无他，文以气为主，而气之所趋，苟一泄无余，而其后必易竭，故其中必间以偶句，以稍止其汪洋恣肆之势，而文之地步乃宽绰有余。此亦文家之秘诀。

金兆梓《实用国文修辞学》论整句与散句的修辞效果说："偶句之妙在凝重，奇句之长在流利。然叠用偶句，其失也单调而板滞；叠用奇句，其失也流转而无骨。必也参互错综而用之，则气振而骨植，且无单调之病，而有变化之妙。"

"五四"以后的白话文运动，提出作诗如作文，作文如说话，打破了骈文与古文的一些规矩，使更多的普通民众可以提笔作文，有其积极意义。但是，说话与作文毕竟语体不同。白话文如果完全忽视汉语汉字的特点，无疑是有损于文章表现力和感染力的。即使说话，老舍《对话浅论》也曾说过："在适当的地方，我们甚至可以运用四六文的写法，用点排偶，使较长的对话挺脱有力。比如说，在散文对话之中插上'你是心广体胖，我是马瘦毛长'之类的白话对仗，必能减少冗长无力之弊。"网上有教育专家王金战先生的一段话："我是教数学的，我还是带数学竞赛的。那个数学一做题就会，一做题就会，你能享受到学习的快乐吗？你能感悟到数学的魅力吗？数学的魅力是，它把你折磨得死去活来的时候，突然茅塞顿开；它把你折磨得痛不欲生的时候，突然峰回路转，这才是数学的快乐。一个不经历浴火重生、不经历痛苦折磨的学生，他怎么能感受到数学的魅力？所以数学之美，美在它的跌宕起伏，美在它的峰回路转。"这段话的说服力和感染力，多半来自对仗的艺术。现代一些优秀的散文作品多是能"迭用奇偶"的，如果用心诵读体会，不难发现。今天写文章，应该有意识地做到"迭用奇偶"，一般以奇句散句为主，偶尔用一些偶句来调节文气，长短相间，骈散相济，会增加文章的表现力和可读性。

2. 布局谋篇

比词句更大一级的语言单位是章，现在通称为句群或者段落，由章再组织成篇，也即刘勰所谓"积句而为章，积章而成篇。篇之彪炳，章无疵也；章之明靡，句无玷也"（《章句》）。

因为汉语讲究对偶，刘勰在《丽辞》篇特别归纳了偶句衔接的几种方式：

（1）句句相衔，即今人所称之排比句，如《周易·乾卦·文言》："元者，善之长也；亨者，嘉之会也；利者，义之和也；贞者，事之干也。君子体仁足以长人，嘉会足以合礼，利物足以和义，贞固足以干事。君子行此四德者，故曰'乾，元亨利贞'。"

（2）字字相俪，即一组对偶句接着一组对偶句，如《周易·乾卦·文言》："同声相应，同气相求。水流湿，火就燥。云从龙，风从虎。圣人作而万物睹。本乎天者亲上，本乎地者亲下，则各从其类也。"

（3）宛转相承，多层对偶相连续，每层对偶的上下联分别依次相承接、相对应，如《周易·系辞上》：

乾道成男，坤道成女。乾知大始，坤作成物。乾以易知，坤以简能。//易则易知，简则易从。易知则有亲，易从则有功。有亲则可久，有功则可大。可久则贤人之德，可大则贤人之业。

前面几句的单句以"乾"为主词，偶句以"坤"为主词，对比式并列。后面几句采用蝉联双承的方式推衍，前一组对偶单双句的谓词分别成为后一组对偶单双句的主词，进行逻辑推演。

（4）隔行悬合，即第一与第三句对，第二与第四句对，后人称为扇对格，如《周易·系辞下》："日往则月来，月往则日来，日月相推而明生焉。寒往则暑来，暑往则寒来，寒暑相推而岁成焉。"又如唐人诗曰："去年花下留连饮，暖日夭桃莺乱啼。今日江边容易别，淡烟衰草马频嘶。"

这是对偶句式接续的几种基本方式。如此承接，能表达作者思维的辩证性和连贯性，增强文章表达的逻辑性和感染力。古人写议论文，多采用对偶句式推进层次。如韩愈《原道》篇的几个段落都采用对偶句式推进，其中曰：

古之时，人之害多矣。有圣人者立，然后教之以相生相养之道。为之君，为之师。驱其虫蛇禽兽，而处之中土。寒然后为之衣，饥然后为之食。木处而颠，土处而病也，然后为之宫室。为之工以赡其器用，为之贾以通其有无，为之医药以济其夭死，为之葬埋祭祀以长其恩爱，为之礼以次其先后，为之乐以宣其湮郁，为之政以率其怠倦，为之刑以锄其强梗。

毛泽东的论说文也是如此。如《改造我们的学习》说：

> 作讲演，则甲乙丙丁，一二三四的一大串。或作文章，则夸夸其谈的一大篇。无实事求是之意，有哗众取宠之心。华而不实，脆而不坚。

我们今天写议论文，也应该有意识地学习如何组织对偶句式的衔接，更连贯、更富逻辑性地阐发道理。当然，今人写文章以散句为主，从句到章即构段的方法并不限于上面所说的四种。

段落由句子组成，把段落组织好，是篇章结构的关键性环节。刘勰说："章总一义，须意穷而成体。"（《章句》）一个段落（即"章"）应该表达一个单一而相对完整的意思，即有且只有一个中心，段落内部的各个句子须紧紧围绕这个中心来写。刘勰说："句司数字，待相接以为用。"句子之间要有联系，有次序，不能彼此不相干，各行其是。句子之间联系紧密，层次清晰，体现出作者思维的明晰性和连贯性。如果思维跳跃，句子凌乱，读者就难以理解作者的思路。打个比方，段落应该花

团锦簇，不能节外生枝。刘勰特别强调一章之内语句的顺序，说："搜句忌于颠倒，裁章贵于顺序。"（《章句》）

一般来说，一个段落内部各个句子，可以按并列、承接、递进、总分、转折、因果、说明等几种关系来组织。可以用中心句提炼段旨，在段首、段中或者段末用一精要的语句概括这一段的中心意思，即所谓"立片言以居要"；适当地运用衔接词、过渡句，增强文义的连贯性和逻辑性。衔接词有多种，承接可用"是故""于是"之类，转接则用"然而""虽然"之类，推展常用"若夫""讲到"之类，总束多用"总之""由此观之"之类。下面举几个句群或段落略加分析。

（1）科学是讲究实际的。（2）科学是老老实实的学问，来不得半点虚假，需要付出艰巨的劳动。同时，（3）科学也需要创造，需要幻想，有幻想才能打破传统的束缚，才能发展科学。（4）科学工作者同志们，请你们不要把幻想让诗人独占了。（郭沫若《科学的春天》）

这四句以"同时"连接（1）（2）句与（3）（4）句，构成最基

本的并列关系，段旨为科学是讲究实际的，也需要幻想。（2）
句补充说明（1）句；（3）句与（4）句是因果关系。

（1）"读书百遍，其义自见。"这话是有道理的。（2）有的
书必须多读，特别是学习古典文，那些范文最好是能够读到可
以背诵的程度。（3）除了多读之外，还得多抄，把重点、关键
性的词句抄下来，时时翻阅，这样便可以记得牢靠，成为自己
的东西了。（4）多读多抄，这个二多是必须保证的。（吴晗《谈
读书》）

这四句（1）（2）（3）与（4）构成分总关系。（1）（2）意在"多
读"，（2）补充说明（1）；（3）意在"多抄"，（4）总说"多读多
抄"。"除了多读之外"是插入语，从（1）（2）过渡到（3）。

（1）这是一个发见世界与发现自己的年岁！（2）这是一个
迅跑中忽而向世界投去了热情的一瞥的年岁！（3）这是一个一
下子把所有的爱，所有的情，所有的诗，所有的歌，所有的花
朵，流水，绿树，雄鹰，鲸鱼，白帆，神话和眼泪都集中到自

己的心里、脑里、每一粒细胞里的年岁。(王蒙《如歌的行板》)

这三句从第一句"发见""发现"到第二句"向世界投去"和第三句"集中到自己的心里、脑里、细胞里",是先总后分,意思则逐层递进,次序不能调换。写文章,句子的次序体现逻辑关系,决定段落乃至全文的意义,应精心组织,因为次序不同,意义也就不同。元人白珽《湛渊静语》记载了一则故事:

> 莫子山暇日山行,遇一寺,颇有泉石之胜,因诵唐人绝句以快喜之,云:"终日昏昏醉梦间,忽闻春尽强登山。因过竹院逢僧话,又得浮生半日闲。"及叩其主僧,庸僧也;与语,略不相入,屡欲舍去,僧意以为檀施,苦留作午供。郁郁久之,殆不自堪,因索笔,以前诗错综其辞而书于壁曰:"又得浮生半日闲,忽闻春尽强登山。因过竹院逢僧话,终日昏昏醉梦间。"

同样的四句诗,一个字不改,只把第一句与第四句对调,意味就大不相同,可见层次对于诗文意义的表达是多么重要。

　　积章而成篇，篇是由章（或称"段"）组织而成的，各段按一定的内在逻辑构成首尾完整、意思圆足的一篇文章。刘勰在《镕裁》《章句》《附会》等篇从不同角度论述如何谋篇。

　　如何谋篇？《镕裁》篇提出"先标三准"：第一步，"设情以位体"，根据所要表达的情理来安排通篇的体制；第二步，"酌事以取类"，斟酌事例典故、前言往行，合理安排以表达情理；第三步，"撮辞以举要"，运用精要的辞句树立文章的骨干。然后再"舒华布实，献替节文"，加以修改润色。刘勰以人喻文，说："夫才童学文，宜正体制，必以情志为神明，事义为骨髓，辞采为肌肤，宫商为声气。"（《附会》）体制、情志、事义、辞采、声律，虽有主次之分，但缺一不可，构成完整圆足而有生命的篇章。所谓"附会"，即"总文理，统首尾，定与夺，合涯际，弥纶一篇，使杂而不越者也"，梳理文章的条理，统贯文章的首尾，确定哪些该保留，哪些该删去，如何使上下文相承接连贯，内容丰富而不纷乱。综合刘勰所论，从谋篇角度说，一篇完整的文章有这样几个特征：

　　（1）**首尾圆合**，即开头与结尾能相互照应。《镕裁》曰："首尾圆合，条贯统序。"《附会》曰："首尾周密，表里一体。"

特别是考场作文，结尾要能呼应开头，升华主题，引人入胜，留有余味。清初李渔说："闱中阅卷亦然，盖主司之取舍，全定于终篇之一刻，临去秋波那一转，未有不令人消魂欲绝者也。"（《窥词管见》）

（2）**内义脉注**，文章内部要义脉流动，一气贯之。《章句》曰："章句在篇，如茧之抽绪，原始要终，体必鳞次。启行之辞，逆萌中篇之意；绝笔之言，追媵前句之旨。故能外文绮交，内义脉注，跗萼相衔，首尾一体。"文章要像鱼身上的鳞片一样有次序，一篇文章包括开端（启行之辞）、中篇、结尾（绝笔之言），开端要能引申到中篇的正意，结尾要能扣合前面部分，这样才能做到血脉贯通，首尾一体，如一朵花儿一样，花萼与花瓣上下衔接。后人把文章比作常山之蛇，击其首则尾至，击其尾则首至，击其中间则首尾俱至，这就做到了"内义脉注"。

（3）**纲领昭畅**，即有一个主旨纲领统贯全篇，统帅全局。《附会》曰："凡大体文章，类多枝派，整派者依源，理枝者循干。是以附辞会义，务总纲领，驱万涂于同归，贞百虑于一致。使众理虽繁，而无倒置之乖；群言虽多，而无棼丝之乱。"事理繁多，文辞葳蕤，都应为一个纲领即文章主旨服务。

纲领作为文章主旨，要能统帅全篇，也就是《神思》所谓"博见为馈贫之粮，贯一为拯乱之药，博而能一，亦有助乎心力矣"。如果不能博闻，不能旁征博引，就显得干巴巴，文义枯瘠。但旁征博引，不是炫耀才学，而是为纲领主旨服务，一个纲领贯穿全篇，统帅全局，就做到"博而能一"。纲领乃全文之旨，或在篇首，或在篇中，或在篇末。在篇首则后必顾之，在篇末则前必注之。在篇中则前注之、后顾之。如《荀子·性恶》篇，第一句"人之性恶，其善者伪（人为）也"是全篇的纲领，下文都围绕这一句写。贾谊《过秦论上》最后点出"仁义不施，而攻守之势异也"作为结论，如果没有这一句总结收束，前面所论就散漫凌乱无归宿。总之，作文应放得开，收得来。"博"是放得开，"一"是收得来。

上面讲的这些关于遣词造句、谋篇布局的写作方法，可以通过平时阅读优秀的范文，顺着作者的思路，从辞句、段落到篇章，细致地推敲，作者为什么这么写，为什么用这个词而不用那个词。这样的推敲，既能帮助我们透彻地读懂别人的文章，也能锻炼自己的写作能力。叶圣陶《认真学习语文》教我们这个方法：

看整篇文章，要看明白作者的思路。思想是有一条路的，一句一句，一段一段，都是有路的，这条路，好文章的作者是决不乱走的。看一篇文章，要看它怎样开头的，怎样写下去的，跟着它走，并且要理解它为什么这样走。……读的时候就得揣摩这个道理。再往细处说，第二句跟头一句是怎样连接的，第三句跟第二句又是怎样连接的，第二段跟第一段有什么关系，第三段跟第二段又有什么关系，诸如此类，都要搞清楚。这些就叫基本功。练，就是练这个功夫。

叶圣陶（1894—1988）

叶圣陶先生是我国现代著名作家、教育家，被誉为"优秀的语言艺术家"，曾为《新华字典》的编纂作出重要贡献。

叶圣陶说的是阅读好的文章来学习写作。钱基博《国文研究法》曾谈到他"酝酿作意"的思路，说：

日常作一文，往往不暇即作，却未尝不将题在胸中打算，事来则置之，暇则复思。每经思过一番，必有一番新理解。既得一番新理解，必将与旧理解来比较融贯，或矛盾须去其一，或俱可用。如俱可用，便须定何者为主意，此主意能否如贯珠之索贯穿其他余意。如此思之思之，必有一日胸中思潮怒发，骤觉手痒不可耐，握管一挥，如桐城方植之所称"思积而满，乃有异观，溢出为奇"。此譬如暑雨将至，必先闷热，蒸山川气出云，酝酿雨势，酝酿之久，而油然沛然，雨来益狂。此秘颇自诩独得。及主意既定，然后牢牢靠定此主意布局，如何先擒后纵，如何反正相生，如何逐层推敲。

细致地体会文章大家的甘苦用心，对我们写作时如何运思是有帮助的。上面这些议论难免抽象，下面举几篇文章作为例子，分析篇章的内部结构和义脉。

勇敢地追求真正的美

秦　牧

（这个题目的中心词是"追求美"，但意义的重心是"勇敢地"追求和"真正的"美，这两个限定词才是文章论述的主旨。）

爱美是人类的天性。对于爱美天性的任何禁锢是全没道理的。劳动人民最有权利追求美。因此，我们有理由这样说：朋友们，勇敢地追求真正的美吧！

（从"爱美是人类的天性"说起，为下文议论确立牢靠的根基。"任何禁锢""最有权利"等词句都为"勇敢地"三字张本。首段最后一句点题。）

一个人堂堂正正地生活，他注意修饰仪容有何不可？他注意衣着的材料、款式，有何不可？或者，他爱染掉白发，他希望除去雀斑，她爱在鬓上插一朵花，在胸前别一个小饰物，有何不可？这些人完全可以不顾多嘴多舌的人的无聊议论，勇敢地追求这种正当的美。

（这一段采用排比反问句式，增强议论的力度，进一步论证"勇敢地"追求仪表美的正当性。）

契诃夫说："人的一切都应该是美好的：心灵、面貌、衣裳。"正当地追求这一切美都是合理的。

（上一段论证外表美是正当的，这一段引用名人名言，既收束上文，又开启下文对心灵美的议论，具有承上启下的作用。）

自然，我们也应该告诉人们，心灵美，以及由它产生的一切行为美是最高尚的美。其他的一切美，离开了这个基础，就会黯然失色。人们常说："鸟美在羽毛，人美在灵魂。"灵魂美，即人的道德品质、精神境界、思想意识和志趣情操之美。托尔斯泰说："人不是因为美丽才可爱，而是因为可爱才美丽。"不知道读者们有过这样的经验没有？一个外表很美的人，当你发现他的灵魂十分龌龊的时候，那人给人的美感就渐渐消失了。相反，一个外表丑陋的人，如果我们一旦发现他具有崇高的心灵，并且行为又很高尚可敬的话，我们就会渐渐忘记他的丑陋，甚至觉得他变得好看起来。在中国，晏婴、包拯这些人；在外国，贝多芬、托尔斯泰这些人，他们的长相谈不上漂亮，但是由于他们的心灵美，却连带使人感到他们整个人漂亮起来。而一些靠色相大搞"狐媚"勾当，卑污龌龊，扰乱国事，残民以逞的妖冶男女，我们一想起他们时却感到十分恶心。我想道理应该就在这儿吧！

（"自然"是承接词，因为契诃夫的话是把心灵、面貌、衣裳三美并列。"自然"略微一转，在三美之中更推崇心灵美，引出这段的主旨句"心灵美，以及由它产生的一切行为美是最高尚的美"，紧扣题目"真正的美"来议论。全段以心灵美为中心，以外表美丑作映衬，正反对举，再加以引言论证和举例论证，充分地论证心灵美"是最高尚的美"的道理。第二段议论仪表美的正当性，这一段论证心灵美之高尚，内容推进了一层。）

古代的希腊哲学家赫拉克利特说："最美的猴子与人类比起来也是丑陋的。"奥斯特洛夫斯基说："人的美并不在于外貌、衣服和发式，而在于他的本身，在于他的心，要是人没有内心的美，我们常常会厌恶他的外表。"这些话是说得很有道理的。

（这一段紧密承接上一段，借用名人名言，以内心美与外表美相对举，揭明"内心的美"是真正的美这一主旨。）

有些钻研学术到了忘我境界的科学家、思想家，不修边幅，头发胡须都很蓬乱，甚至对随身衣物也常常忘记了这一件，丢掉了那一件，爱美的天性在这些人身上仿佛体现不出来。其实不然，他们是为了一个崇高的目的，为了更高度地发挥心灵美、行为美，而把仪态美、装饰美在某段时间里暂时搁在一边罢了。这些不修边幅的人，他们能够给人以不寻常的美感，正是他们的心灵美在灼灼闪光的缘故。

（前面两段将心灵与外表对立起来。这一段列举"钻研学术到了忘我境界的不修边幅的科学家、思想家"，进一步论证心灵美、行为美超越仪态美、装饰美。）

饱满的智慧和丰富的学识，也能使一个人的仪表美好起来。你从一个思想家的脸孔和一个类人猿的脸孔或者从一个学者和一个流氓脸孔的比较中就可以很快发现这一点。我以为仪表、衣着、装饰的美好固然可以给人以美感，而心灵的美、智慧的美、行为的美所能够激发起的人们的美感，总是要比前者强烈得多。外表美的缺陷可以用内心美来弥补，而心灵的卑污丑恶却不是外表美可以抵消的。

（这一段从前段列举的科学家、思想家，进一步推导出心灵、智慧行为的美具有决定性意义，超越仪表、衣着、装饰的美好，可以弥补外表美的缺陷，将"真正的美"这一主旨论述得圆融完备。）

我以为：人应该勇敢地追求真正的美，既追求内心美，也追求仪表美。不必理会左倾幼稚病者的吱吱喳喳，乱发议论，也不必理会市侩主义者的评头品足，冷嘲热讽（当一个人追求心灵美和行为美的时候，有时就会碰到这一方面势力的嫉恨了）。朋友，当一个人正当地生活、追求高尚的美的时候，我想，他必定有勇气来击退一切无理的干预和非难。

（这一段结论，"人应该勇敢地追求真正的美"是文章主旨，呼应首段"朋友们，勇敢地追求真正的美吧"，但不是简单的重复；通过前面几段的论证，"真正的美"得到阐发，即"既追求内心美，也追求仪表美"，这一段扣合内心美和仪表美作总结。"左倾幼稚病者的吱吱喳喳，乱发议论"指只注重内心美，轻视仪表美；"市侩主义者的评头品足，冷嘲热讽"指只注重仪表美，忽略心灵美和行为美，都是"无理的干预和非难"。仪表美是"正当地生活"，心灵美"是高尚的美"，都是"真正的美"，人应该有勇气追求。两面兼顾，义理圆通。）

给子孙留下什么？

云　山

（1）给自己子孙留下什么？历来有"垂裕后昆"和"德垂后裔"之别。"垂裕后昆"，就是给子孙留下物质财富。"德垂后裔"，就是给子孙留下精神财富。

（2）若是节衣缩食，从薪俸中省下来"垂裕后昆"，当然无可非议。然则，历代官吏，薪俸甚薄，仅可养家活口，哪有"裕"可"垂"？然而，为"福妻荫子"，有人一踏上仕途，就"转盼富贵，良田华屋，僮奴百千"，而仅凭几两俸银的积攒实在有些困难，于是就有了"三年清知府，十万雪花银"的实证。

（3）"德垂后裔"，则不然。君子进德修业，必须在衣食住行各方面严于律己，清廉守正，公而忘私，并要有"生乎由是，死乎由是"的矢志，方能启迪后昆，风范长存。

（4）照此，扬"德垂后裔"，抑"垂裕后昆"乃情理中事。然而，封建世俗认为："利厚官高，则是能品；寒俭有官，犹免姗笑。"这种是非颠倒的结果，形成了无官不贪的风气。这些人宁为"垂裕后昆"遗臭万年，不为"德垂后裔"流芳百世。这股"垂裕"的邪气，使"后昆"们不以仰赖父母为耻，反以坐享先辈的罪恶为荣。中华民族自立自强的创业精神因此而被锈蚀。

（5）然而历史是公正的。害民损国的"垂裕后昆"者，不仅自己被钉在历史的耻辱柱上，其"垂裕"造就的无赖子孙、纨袴子弟，也被人民所唾弃。倒是那些"德垂后裔"的"寒俭"者，为祖国的历史增添了光彩，给民族留下了宝贵的精神财富。

（6）被毛泽东同志誉为"华侨旗帜，民族光辉"的陈嘉庚先生说得更透彻："父之爱子，实出天性，人谁不爱其子，唯别有道德之爱，非多遗金钱方谓之爱。且贤而多财，则损其志，愚而多财，则益其过，是乃害之，而非爱也。"

（7）我们今天的各级干部，都是人民的公仆，理应比旧社会的清廉官吏有更高的思想境界，不仅要给子孙留下清白，而且要把中华民族自力更生、艰苦创业的精神，留给子孙。

第（1）段采用自问自答的形式提出问题，即存在"垂裕后昆"和"德垂后裔"两种不同的传世财富观。下文紧扣物质和精神两种财富观作对比论证。第（2）段先宕开一笔，"若是节衣缩食，从薪俸中省下来'垂裕后昆'，当然无可非议"；再笔锋一转，指出历代官吏依靠贪腐搜刮，以"垂裕后昆"。第（3）段"则不然"三字，承上启下，写君子进德修业，以德传后，与前一段相对照。第（4）段"照此"一句，回应第（2）（3）段，一扬一抑，主旨鲜明。"然而"再一转折，论断"垂裕后昆"实则损害子孙，腐蚀中华民族自立自强的创业精神。第（5）段进一步申论害民损国的"垂裕后昆"者将遭到历史的审判。"倒是"句再转回到"德垂后裔"的"寒俭"者的积极意义，依然是对比笔法。前面几段论"垂裕后昆"较为充分，论"德垂后裔"相对较弱，第（6）段引用陈嘉庚的话论证"德垂后裔"，补足文意。第（7）段升华主题，提出希望，但未脱空发论。"理应比旧社会的清廉官吏""给子孙留下清白""自力更生、艰苦创业的精神"等句，都能扣合上文和题目，达到首尾一体的圆融之境。

作文之法，在勤读、多作，二者缺一不可。上面以两篇文章为例，提示我们看整篇文章，如何看明白作者的思路。明白了别人作文的思路，自己写文章谋篇布局，遣词造句，也会思路顺畅，用笔得体。勤读，应该读名家名作。如果一篇文章本身就思路不顺，读后摸不着头脑，那对我们练习写作只会产生误导。

3. 修辞立诚

（1）比兴

《周礼·春官》最早提出："教六诗：曰风、曰赋、曰比、曰兴、曰雅、曰颂。"后世一般认为，风、雅、颂为诗之体，赋、比、兴为诗之用。汉儒解释《诗经》，多以比兴说诗，发掘诗句背后的深意。其实比与兴是两种不同的创作方法，汉儒有时把他们混为一谈，如郑众曰："比者，比方于物也；兴者，托事于物。"看似有所不同，实则难以分别。郑玄说："比，见今之失，不敢斥言，取比类以言之；兴，见今之美，嫌于媚谀，取善事以喻劝之。"看似一为讽刺，一为颂美，迥然有别，其实并不符合《诗经》之实情。且"以喻劝之"，依然认为"兴"也是譬喻。刘勰受到汉儒以兴为比的影响，需要仔细辨析。

先说"比"。古希腊亚里士多德《诗学》说，比喻"不能从旁人学得，所以是天才的标识"。西方文学也很重视比喻——特别是隐喻——在诗文中的作用。中国文化注重引譬连类、立象以尽意，大量运用比喻，以熟悉比陌生、以具体喻抽象。刘勰《比兴》说："比者，附也。……附理者，切类以指事。"附，近似。比是以近似的事物为比喻，来说明事理。他又解释说："何谓为比？盖写物以附意，扬言以切事者也。"即描写具体的物象以切近事理。如《诗经·卫风·淇奥》："有匪（同'斐'，有文采）君子，如金如锡，如圭如璧。"用金锡圭璧比喻君子有美好的本性，可琢磨成器。《诗经·大雅·卷阿》："颙颙卬卬（yóng'áng，庄重恭敬，气宇轩昂），如圭如璋。"以圭璋美玉比喻君子的人格。《诗经·小雅·小宛》："螟蛉有子，蜾蠃负之。教诲尔子，式穀似之。"旧传蜾蠃养育螟蛉之子以为己子，比喻用善道教育万民。《诗经·大雅·荡》："如蜩如螗，如沸如羹。"形容饮酒号呼之声，如蜩螗之鸣；其笑语沓沓，又如汤之沸、羹之熟。《诗经·邶风·柏舟》："心之忧矣，如匪浣衣。"心情忧郁如同身穿脏衣服一般难受。同一篇又曰："我心匪席，不可卷也。"谓我心不是席子，不可卷起，不可改变。刘勰指出，辞赋比喻有多种类型：或喻于声，或方于貌，或拟于心，或譬于事；并举例予以说明：宋玉《高唐赋》"纤条悲鸣，声似竽籁"，比声之类；枚乘《菟园赋》"焱焱纷纷，若尘埃之间白云"，比貌之类；贾谊《鹏鸟赋》"祸之与福，何异纠缠"，以物比理；王褒《洞箫赋》"优柔温润""如慈父之爱子"，以声比心；马融《长笛赋》"繁缛络绎，范蔡之说也"，以响比辩；张衡《南都赋》"起郑舞""茧曳绪"，以容比物。

不仅诗赋，一切文章都运用比喻，如《尚书·说命》曰："木从绳则正，后（君）从谏则圣。"《孟子·离娄上》："仁，人之安宅也；义，人之正路也。"《庄子·大宗师》："鱼相忘于江湖，人相忘于道术。"庄子尤其善于譬喻，这也是《庄子》一书受人喜爱的一个重要原因。朱熹《诗集传》说："比者，以彼物比此物也。"比喻的特点是具象化，凭借想象与联想，用生活中具体可感的、熟悉的事物比喻陌生的、抽象的义理，以其所知喻其所不知，而使人知之。具象化的事物，来自作者的目睹耳闻，也能调动读者的感官，最易感人。

文学本来就是以形象感人，当然应当多用比喻。即使是抽象的理论文章，如果运用比喻贴切的形象，也能把道理说得生动透辟、亲切可感。但是写出一个贴切而新鲜的比喻，又是困难的。一般人多是重复前人新警的譬喻，陈陈相因，用得烂熟。宋人王迈说："平生要自做个譬喻不得，才思量得，皆是前人已用了底。"感慨"文莫难于譬喻"。但文学终究离不开比喻。秦牧《譬喻之花》一文说：

> 如果在文学作品中完全停止采用譬喻，文学必将大大失去光彩。假使把一只雄孔雀的尾羽拔去一半，还像个什么样子呢？虽然它仍旧可以被人叫做了孔雀。精警的譬喻真是美妙！它一出现，往往使人精神为之一振。它具有一种奇特的力量，可以使事物突然清晰起来，复杂的道理突然简洁明了起来，而且形象生动，耐人寻味。美妙的譬喻简直像是一朵朵色彩瑰丽的花，照耀着文学。它又像是童话中的魔棒，碰到哪儿，哪儿就产生奇特的变化。它也像是一种什么化学药剂，把它投进浊水里面，顷刻之间，一切杂质都沉淀了，水也澄清了。

这段是以譬喻说譬喻，精彩绝伦。如何写出美妙的譬喻？刘勰提出两个要求，一是以"以切至为贵"，比喻要贴切。如果不贴切，以模糊说模糊，以抽象说抽象，以己之昏昏，岂能使人昭昭？二是"物虽胡越，合则肝胆"。"胡越"指本体与喻体应该有很大的差异性；"肝胆"指在巨大的差异性中求其一点相似性、可比拟性。钱锺书《读〈拉奥孔〉》说："不同处愈多愈大，则相同处愈有烘托；分得愈开，则合得愈出意外，比喻就愈新奇，效果愈高。"比喻的本体与喻体应该大异小同，不能大同小异。泪如水，是大同小异。泪如雨，泪如线，则是大异小同。泪如迸泉，泪如玉箸，泪如金波，就更新奇。大异则新奇，小同则切至。《世说新语·言语》载一故事：

> 谢太傅寒雪日内集，与儿女讲论文义。俄而雪骤，公欣然曰："白雪纷纷何所似？"兄子胡儿曰："撒盐空中差可拟。"兄女曰："未若柳絮因风起。"公大笑乐。即公大兄无奕女，左将军王凝之妻也。

以"撒盐空中"比喻白雪纷纷，就是大同小异，不见妙处；以"柳絮因风起"作比，既新奇又贴切。从这两个比喻就可以判断谢氏兄妹才学之高下。

再说兴。

兴，一般在诗章之首，朱熹《诗集传》解释为"先言他物以引起所咏之辞也"。汉代毛亨作《毛诗故训传》，对于他认为是兴的诗句都注"兴也"，因为"比显而兴隐"，故作注明。毛诗注的兴，郑玄多解释为比喻。大体来说，《诗经》的"兴"可分为两类，一类是兴而兼比，在每章之首而同时具有譬喻的含义，如《诗经·周南·关雎》"关关雎鸠，在河之洲"，毛亨注"兴也"，并解释说："雎鸠，王雎也，鸟挚而有别……后妃说乐君子之德，无不和谐，又不淫其色，慎固幽深，若关雎之有别焉。"《诗经·召南·鹊

（日）细井徇绘雎鸠

雎鸠到底是什么鸟类，历来说法不一，主流意见是鹗，即鱼鹰。雄鸟和雌鸟在繁殖期常常比翼双飞，鸣声呼应。

巢》"维鹊有巢，维鸠居之"，郑玄解释说："兴者，鸤鸠因鹊成巢而居有之，而有均壹之德，犹国君夫人来嫁，居君子之室，德亦然。"用"若"与"犹"字，都把"兴"解释为譬喻。刘勰所谓"兴则环譬以托讽""兴之托喻，婉而成章"，即指这一类的兴。唐代陆德明《经典释文》说："兴是譬谕之名。"朱熹《诗集传》所谓"兴而比""比而兴"的"兴"也是这一类有比喻意义的兴。这都是从《诗经》阐释学的立场探求"兴"辞背后的比喻意。刘勰说："发注而后见。"即通过经学家的注

释才能明白其意，显然这是阐释学立场。

刘勰还注意到"兴"的创作论意义，即"兴者，起也"。他说："起情者，依微以拟议。起情，故兴体以立。"（《比兴》）诗人因眼前微小之物而兴起情思，引出正文的抒写。这是在"感物兴情"论产生之后，从创作的角度对"兴"的新解释。西晋挚虞《文章流别论》曰："兴者，有感之辞也。"《文心雕龙·诠赋》"触兴致情""睹物兴情，情以物兴"，即"起情"的意思。《物色》曰"入兴贵闲"，进入这种"起情"的状态需要心境闲适。《诗经》许多诗之章首兴辞，并没有比喻意，这些"兴"仅仅发挥"起情"的作用。如：

鸳鸯在梁，戢其左翼。君子万年，宜其遐福。

（《小雅·鸳鸯》）

鸳鸯在梁，戢其左翼。之子无良，二三其德。

（《小雅·白华》）

前二句完全一样，后面正文一为赞美，一为讽刺，显然"鸳鸯在梁"只为了"起情"，没有比喻意义。这种"兴"在《诗经》

中大量存在。朱熹说："《诗》之兴，全无巴鼻。"（《朱子语类》）就是指这一类"兴"。徐渭也说过："诗之兴体，起句绝无意味，自古乐府亦已然。……此真天机自动，触物发声，以启其下段欲写之情。"（《奉师季先生书》）所言即刘勰"起情者，依微以拟议"的意思。古今中外许多民歌的开头，歌咏眼前景物，仅仅是为了调谐韵脚、维持节奏、兴起情绪，起陪衬作用，与下文意思不相干。"山歌好唱起头难，起了头来便不难。""兴"就是起头。顾颉刚曾举民歌"阳山头上竹叶青，新做媳妇像观音"以说明"兴"的功用仅限于起韵。汉代乐府诗《孔雀东南飞》的"孔雀东南飞，五里一徘徊"，与下文"十三能织素"云云也是没有关系的。

作为起情的"兴"，刘勰强调其感物兴情，即抒情的意义。他感慨汉代辞赋盛行后，"讽刺道丧，故兴义销亡"，即针对现实政治而抒写情感的创作精神消亡了。魏晋以后的创作重视对外在物色的细致描写，讽喻现实的抒情性削弱了。刘勰说这种倾向是"赋颂先鸣，故比体云构……日用乎比，月忘乎兴"，比、赋之写物图貌越来越多，颂赞的主旨越来越多；而感物兴情的抒情之作，大大减少了。这的确是六朝文学的一大特征，即陈子昂所谓"彩丽竞繁，而兴寄都绝"（《与东方左史虬修竹篇并序》）。陈子昂提倡"兴寄"与刘勰之重"兴"，有一脉相承的联系。

（2）声律

音韵之美是人类语言均具有的特征。《诗经》与《楚辞》的部分篇章早期都是合乐可歌的，其中大量的双声叠韵词构成音声跌宕谐和之美。其他文章也时有押韵，如《老子》："玄牝之门，是谓天地根。绵绵若存，用之不勤。"《中庸》："大哉圣人之道，洋洋乎发育万物，峻极于天；优优大哉，礼仪三百，威仪三千。"这是天机自动、自然相谐的音韵美。陆机《文赋》说："暨音声之迭代，若五色之相宣。"意识到音声变化之美，但还不知道如何自觉地追求声音美。随着音韵学的发展，加之佛学梵呗诵读的影响，到了齐永明年间，沈约等"酷裁八病，碎用四声"，窥见汉字声音的奥秘，人为自觉地追求音律的和谐。刘勰深受沈约等人声律学说的影响，在《文心雕龙》里设立《声律》篇，探讨文章声律的问题。

《声律》开篇说："夫音律所始，本于人声者也。声含宫商，肇自血气。"人类语言具有天然的音韵节奏。凭借语言文字表达情志，应该唇吻遒丽，朗朗上口。早期的诗是配乐的，如果音律不和谐，容易分辨出来。自汉魏以后，文人诗歌逐渐与音乐分离，音律是否和谐，不能凭耳朵听觉，须依靠"内听"，省察心里的内在言语，即《神思》所谓"吟咏之间，吐纳珠玉之声"，在酝酿文辞时，心里"听"其声音，然后"寻声律而定墨"。刘勰《声律》篇提出人为自觉地追求声律美的原则：

凡声有飞沉，响有双叠。双声隔字而每舛，叠韵离句而必睽；沉则响发而断，飞则声扬不还，并辘轳交往，逆鳞相比。

声有飞沉，异说颇多。或谓飞沉指平仄，但刘勰那个时代仅认识到平上去入四声，还没有对四声进一步平仄二元化。清人钱大昕《潜研堂文集》说："古无平上去入之名，若音之轻重缓急，则自有文字以来，固区以别矣。……大率轻重相间，则平侧之理已具。缓而轻者，平与上也；重而急者，去与入也。"依此说法，飞指平、上声之轻缓上扬，沉指去、入声之重急下降。刘师培认为，"飞"为清声，发音时声带不振动；"沉"为浊声，发音时声带振动。飞声、沉声辘轳交往，逆鳞相比，不论指声母还是声调，都要求声音之缓急、高低、升降有起伏变化，形成旋律跌宕之美。响有双叠，指双声、叠韵。双声、叠韵联绵词构成回环之美，但如果不是联绵词的双声、叠韵在一句诗里分隔开来，则龃龉不安，如"鱼游见风月，兽走畏伤蹄"，"鱼""月"是双声，"兽""伤"是双声，这就是"双声隔字而每舛"；"搴帘出户望，霜花朝漾日"，"望"与"漾"都是阳韵去声，这就是"叠韵离句而必睽"。诗文如果能避免这些毛病，就可以做到"一简之内，音韵尽殊"。

异音相从谓之和，同声相应谓之韵。

这是刘勰提出的又一重要的调声原则。异音相从，指一联内不同声调的字相交替，形成长短、高低、轻重变化的和谐。如后来律诗的平平平仄仄，仄仄仄平平，平平与仄仄异音相交替。同声相应，指押相同的韵脚，构成回环往复的节奏。"韵"具有"节文辞气"的作用，即调节文章的语气，相对较为容易。诗文转韵，须"折之中和"。如果两韵一转，转韵太多，则"声韵微躁"；如果百句都不转韵，则"唇吻告劳"。(《章句》)这是韵文创作的基本规则。调谐"和"更为复杂，刘勰说"和体抑扬，故遗响难契"，"选和至难"。声律论的最根本问题是

如何做好"异音相从谓之和"。(《声律》)

刘勰所谈的声律，是当时人总结出的一般法则，与沈约"四声""八病"说基本一致，沈约称赞《文心雕龙》深得文理，常陈诸几案，声律学说的一致性可能是一个原因。但他们所谈的声律，是用汉字作诗作文的普遍规则，具体到每个作家写文章，根据所抒写情感内容的不同，也应该相应地调谐文章的声韵节奏，做到声、情相合。姚鼐说："诗古文各要从声音证入，不知声音，总为门外汉耳。"(《与陈硕士书》)他所谓声音，不是指一般的声律法则，而是指每一篇诗文有每一篇的声情。

清人陈澧提出"声象乎意"(《东塾读书记》)。汉字声音是有情绪意味的，声音的高低、洪纤、强弱、缓急，既与说话者的情绪态度有关，也能激起听者不同的情意反应。如崇、洪、宽、阔等字，声音洪大，意义也洪大；纤、细、逼、侧等字，声音纤细，意思也细小。

平上去入四声的长短力度不同，具有不同的情绪意味。古有歌诀曰："平声平道莫低昂，上声高呼猛烈强。去声分明哀远道，入声短促急收藏。"形象地道明四声情感效果之不同。柳宗

（南宋）马远《寒江独钓图》

东京国立博物馆 藏。柳宗元押入声韵的五绝营造出的萧瑟孤寂之感被后世许多画家布入画幅。

元《江雪》押"绝""灭""雪"三入声字韵，顿挫有力，从声音上就给人一种孤高傲世之感。李清照《声声慢》"寻寻觅觅，冷冷清清，凄凄惨惨戚戚"，不仅多用叠词，且平仄长短变化，长平声刚一舒展就用入声字顿住，整首词都押入声韵，节奏迅疾跳动，从声音上描摹出词人惊疑不定、心神不宁的神态。

洪迈《容斋随笔》记一故事：范仲淹作《严先生祠堂记》，其歌词云："云山苍苍，江水泱泱。先生之德，山高水长。"写好后出示给李觏，李觏读后说："'云山江水'之语，于义甚大，于词甚溥，而'德'字承之，乃似趑趄。拟换作'风'字如何？"范仲淹凝坐颔首，殆欲下拜。为什么要把"先生之德"改为"先生之风"？从声音上说，"德"字入声，音哑而短，"风"字平声，长而洪亮，吟诵起来，语气舒缓绵长，与"山高水长"之意相一致。老舍《对话浅论》说："上下句的句尾若能平仄相应，上句的末字就能把下句'叫'出来，使人听着舒服、自然、生动。"这有一定道理。朱光潜曾举骆宾王《代徐敬业传檄天下文》"请看今日之域中，竟是谁家之天下"为例，上句落脚在平声"中"字，为下句蓄势；这样"天下"的"下"字读起来才有力量。如果改为"请看今日之域内，竟是谁家之天下"，"内"字仄声，已经把力气放掉一半，后面念仄声字"下"，就没有力气了。

不仅声调有情意功能，不同的韵也能渲染不同的情绪。明人王骥德《曲律·杂论》论《中原音韵》各韵部的听觉效果，说：

各韵为声，亦各不同。如：东钟之洪，江阳、皆来、萧豪之响，歌戈、家麻之和，韵之最美听者。寒山、桓欢、先天之雅，庚青之清，尤侯之幽，次之。齐微之弱，鱼模之混，真文之缓，车遮之用杂入声，又次之。支思之萎而不振，听之令人不爽。至侵寻、监咸、廉纤，开之则非其字，闭之则不宜口吻，勿多用可也。

这里所谓洪、响、和、雅、清、幽、弱、混、缓等，指不同韵部的不同声音效果，唱曲吟诗诵词尤须讲究，以求声情相合。晚清周济说："东、真韵宽平，支、先韵细腻，鱼、歌韵缠绵，萧、尤韵感慨。各具声响，莫草草乱用。"（《宋四家词选目录叙论》）宽平、细腻、缠绵、感慨，是不同韵的不同情绪效果，这是"声象乎意"的一个重要方面。高中语文选修教材《中国古代诗歌散文欣赏》说："韵字开口度越大者，越容易表现昂扬之情；开口度小、音阻大者，则易与凄婉之情吻合。"也是这个道理。杜甫《兵车行》首段"车辚辚，马萧萧，行人弓箭各在腰。耶娘妻子走相送，尘埃不见咸阳桥"，除了句式的短长变化营造急切的气氛外，用萧韵，也有令人心情紧张的效果。

即使是同一韵部的字，声母不同，也有哑亮之别。袁枚说："欲作佳诗，先选好韵。凡其音涉哑滞者、晦僻者，便宜弃舍。葩即花也，而葩字不亮；芳即香也，而芳字不响。以此类推，不一而足。"(《随园诗话》)又如杜甫《咏怀古迹》"群山万壑赴荆门"一句，如改"群"为"千"，便不入调。从声音上说，"千"字暗哑，"群"字响亮。"千山"二阴平，声音沉静；"群山"一阳平一阴平，声音敞亮。这印证了刘大櫆《论文偶记》所谓"一字之中，或用平声，或用仄声，同一平字仄字，或用阴平，阳平，上声，去声，入声，则音节迥异"。这些音节神气的奥秘，须在诵读古人诗文时领会。下笔作文时，要吐纳珠玉之声，做到念着上口、听着入耳，才算过了声韵这一关。

古人作诗，有的可能是冲口而出，声情自然凑泊；有的则是自觉地追求声情合一的艺术效果。韩愈《听颖师弹琴》首四句"昵昵儿女语，恩怨相尔汝。划然变轩昂，勇士赴敌场"，前十字声音多细腻，"语""汝"韵撮口呼；后十字声音多洪亮，"昂""阳"韵开口呼：四句的字音本身就描摹出琴音从细腻到洪大的变化。我们有声地吟咏这四句，能真切地体会到什么叫"声象乎意"。秦观在被贬湖南郴州时作《踏莎行》，有句曰"可堪孤馆闭春寒，杜鹃声里斜阳暮"，王国维《人间词话》说："少游词境最为凄婉，至'可堪孤馆闭春寒，杜鹃声里斜阳暮',则变而为凄厉矣。"他意识到这句的声情效果,但是没有表述清楚。后来吴世昌在《诗与语音》一文中分析说:"据我看,'可堪孤馆'四字都是直硬的'k'音,读一次喉头哽住一次,最后'馆'字刚口松一点,到闭字的'p-'又把声气给双唇堵住了一次,因为声气的哽苦难吐,读者的情绪自然给引得凄厉了。"这是从喉音、唇音气流阻碍与流畅的角度作出的声情分析。

晚清吴曾祺《涵芬楼文谈》说:"今试取古人之文读之,有嘈吰铿鞳者,有细微要眇者,有急弦促管者,有缓节安歌者。大约言乐者多和,叙哀者善咽。施之庙堂之上,则有广大之旨;叙及男女之私,则多靡曼之节。此其自然而然,虽作者亦有不自知者乎?"文章声音之宏大细微、急促舒缓,与文章的情感内容是密切相关的,不论诵读前人的文章,还是自己写文章,都应该注意到这一点。这虽然超越了刘勰《声律》篇的范围,但对于阅读和写作都有帮助,因此这里举一些例子加以说明。

(3)夸张

夸张是一种常见的修辞手法。人们写文章,往往"语不惊人死不休"，才能满足"俗人爱奇"的心理，获得惊视回听、动人心魄的艺术效果。刘勰《夸饰》篇说："自天地以降，豫入声貌，文辞所被，夸饰恒存。"认为自从有文辞以来就有了夸饰。

的确，早期文献多有夸饰。《诗经·大雅·崧高》："崧高维岳，峻极于天。"《大雅·假乐》："干禄百福，子孙千亿。"是扩大夸张。《卫风·河广》："谁谓河广，曾不容刀。"《大雅·云汉》："周余黎民，靡有孑遗。"是缩小夸张。这些夸张都不妨碍意义的表达，反而增强了表达的艺术效果。《诗经·鲁颂·泮水》："翩彼飞鸮，集于泮林。食我桑黮，怀我好音。"恶鸟食泮林的桑椹就改变了鸣声，比喻人感于恩德就会变化气质。《邶风·谷风》："谁谓荼苦，其甘如荠。"因为心里太痛苦，吃起荼菜都觉得是甜的。《大雅·绵》："周原膴膴，堇荼如饴。"因为热爱周之原地，其地所生菜味苦，但我甘之如饴。这是人情的夸饰。这些夸饰是后世文章的典范。

对于时空数量的扩大或缩小、情感的强化这类夸张，刘勰是持肯定态度的；而对于汉代辞赋中一些无中生有的虚幻描写，刘勰则持批评态度，如司马相如《上林赋》"椎蜚廉（龙雀）""掩焦明（似凤凰）"，扬雄《甘泉赋》"翠玉树之青葱

兮……鬼魅不能自还兮，半长途而下颠"，扬雄《羽猎赋》"鞭
洛水之宓妃，饷屈原与彭胥"，班固《西都赋》之比目鱼、张
衡《西京赋》之海若神，刘勰说这些夸饰描写，"验理则理无
可验，穷饰则饰犹未穷矣"，既无事实可征，不合情理，又未
达到夸饰的效果。儒家思想尚实忌虚，子不语怪力乱神，致使
古人如王充、左思等都反对神怪虚幻描写。刘勰也批评这些虚
幻描写是"虚用滥形"，用今天的话来说，刘勰对于艺术虚构
是认识不足的。这是他的思想局限性。

刘勰提出夸饰的原则："饰穷其要，则心声锋起；夸过其
理，则名实两乖。若能酌《诗》《书》之旷旨，剪扬、马之甚
泰，使夸而有节，饰而不诬，亦可谓之懿也。"夸饰的目的在
"穷其要"，使物象更鲜明，事理更生动，情感更深切，以增强
文辞的感染力。恰当的夸饰应该如《诗》《书》那样，或在量
上扩大缩小，或是渲染感情；不能像汉代辞赋那样凭空虚构一
些诡异谲怪的事物。

夸饰是典型的文学语言，与实用语言、科学语言有显著的
不同。文学家自觉或不自觉地运用夸张，有些批评家和科学家
对此却不能理解，如沈括《梦溪笔谈》说："杜甫《武侯庙柏》

诗云：'霜皮溜雨四十围，黛色参天二千尺。'四十围乃是径七尺，无乃太细长乎？"这是以科学计算诗中的夸张，可谓高叟之固。照他这么认死理，李白《望庐山瀑布》"飞流直下三千尺"，王维《终南山》"太乙近天都，连山到海隅"，都有大问题。

中国文人不缺乏想象，中国文学也不乏"虚用滥形"，从《庄子》《楚辞》到后来的佛经故事和小说《西游记》，多是凭空虚构，但是对这类虚构的肯定性认知则较为滞后，要到晚明袁于令提出"传奇贵幻"说，才从理论上承认这种想象虚构的艺术价值。

庐山三叠泉瀑布

（4）事类

事类，即用典，包括"明理引乎成辞，征义举乎人事"两类。就议论文来说，前者今称引言论证，后者今称举例论证。引述前言往行，援古证今，往往能增强文章的生动性、权威性和说服力。诗歌用典故，增加诗意的多重性，赋予其深婉含蓄之美。事类典故是后世文人与前代文化传统母体相联系的纽带。古人作诗著文，沉酣典坟，都重视用典。特别是六朝的骈体文，以用典为一大特征，刘勰专门设立《事类》篇探讨它。

刘勰提出事类的几个原则："事得其要"，使事用典能得要义，抓住事典的要点，能切合所要表达的情志思想，不能堆砌典故，为了用典而用典；"用人若己"，即"用旧合机，不啻自其口出"，用古人的成语典故，就像从自己口中说出的一样。沈约曾提出"文章三易"，其中之一是"易见事"。后人常说，最好的用典是不当用典看，也能说得通；若作用典看，则意味更深长。如李白《山中与幽人对酌》："两人对酌山花开，一杯一杯复一杯。我醉欲眠卿且去，明朝有意抱琴来。"这首诗明白如话，不当用典看，完全说得通。《宋书·陶潜传》：陶潜性嗜酒，"贵贱造之者，有酒辄设。潜若先醉，便语客：'我醉欲眠，卿可去。'其真率如此"。原来李白化用了陶渊明的"成辞"，陶渊明真率萧散的人格精神也被带入了李白的诗歌中。这是"用人若己"的最高境界。

古代诗文也有不使事、不用典的。钟嵘就反对在诗歌中堆砌典故，欣赏"清晨登陇首""明月照积雪"之"羌无故实"。魏际瑞《与子弟论文》曰："眼前景，口头语，当时情，意中事，神妙莫过于此。"江淹《别赋》："春草碧色，春水绿波，送君南浦，伤如之何？"除了"南浦"用《楚辞·九歌·河伯》"子交手兮东行，送美人兮南浦"外，均取诸目前，不雕琢而自工，是天然妙句。用典不用典，在古代诗文中各有胜景。

到了新文化运动时期，胡适提出"八不主义"，其中之一就是"不用典"。胡适并非完全反对用典，而是反对"全为以典代言，自己不能直言之，故用典以言之"（《文学改良刍议》）的狭义用典。现代新诗并非绝对不用典，如俞平伯《孤山听雨》首段：

　　云依依的在我们头上，
　　小桦儿却早懒懒散散地傍着岸了。

小青哟，和靖哟，

且不要萦住游客们底凭吊；

上那放鹤亭边，

看葛岭底晨妆去罢。

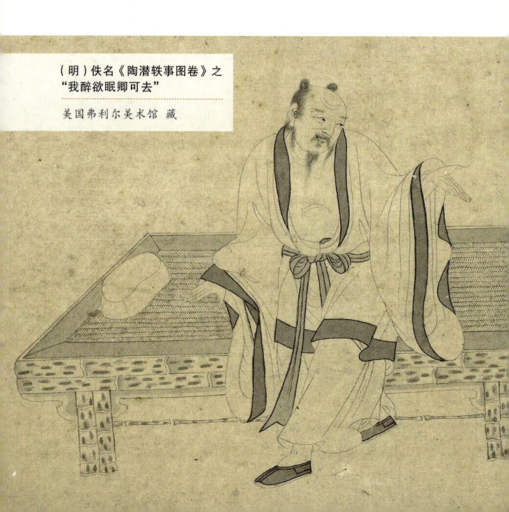

（明）佚名《陶潜轶事图卷》之
"我醉欲眠卿可去"

美国弗利尔美术馆 藏

小青指明代才女冯小青，扬州人，嫁至杭州，其爱情故事广传
后世；林和靖更是西湖的一张文化名片，放鹤亭与他有关；葛
岭是东晋葛洪炼丹处。如果完全不用这些典故，诗就不是写
"孤山"听雨了。读者如果不了解这些典故，就欣赏不了这首

诗。可见，对于典故不必畏之如虎，应该遵循刘勰的话，"事得其要"，"用人若己"。在写诗作文时恰当地运用一些典故，是有意义的。但不能堆砌典故，更不能为了炫才而使用生僻典故，制造阅读障碍。

《文心雕龙》的后世影响与经典化

1. 知音其难哉：刘勰眼中的"读者"

文学活动的要素之一是读者。一部文学作品写出来后，其意义和价值尚是潜在的，只有读者阅读，参与意义的再创造，其意义和价值才能得到具体化实现。西方现代有一派文学理论，侧重于研究读者对文学的接受与反应，称为"接受美学"或者"读者反应理论"。

在中国文化里，士求知己，琴觅知音。知己是人一生的企盼，知音是艺术最高的追求。《吕氏春秋·本味》记载"伯牙鼓琴，钟子期听之"的知音故事，令多少艺术家神往，寄予了人们对知音的期盼。刘勰也感慨说："知音其难哉！音实难知，知实难逢，逢其知音，千载其一乎！"（《知音》）

为什么知音难逢？因为人们通常贵古贱今、崇己抑人、信伪迷真，导致文学鉴赏准的无依，莫衷一是。"篇章杂沓，质文交加；知多偏好，人莫圆该。"鉴赏的对象文学文本是复杂多样的，难以鉴赏；鉴赏的主体多有审美偏向，因而不能全面深入地从事鉴赏和批评。

鉴赏者如何搁置个人的"偏好"呢？刘勰提出"博观"，即广泛的阅读，见多识广，特别是领略过最优秀、最深奥复杂的作品，那么对一般的作家作品就可以胸有成竹地给予客观的鉴赏和衡量。如何鉴赏一部文学作品呢？刘勰提出"将阅文情，先标六观"：一观位体，考察作品的主旨情理和所采用的文体是否适合；二观置辞，考察文章的文辞次序、条理、繁简、隐显是否得当；三观通变，看文章能否遵守文体规范而参酌变化；四观奇正，看文章能否立基于正而斟酌于奇，奇而不失于正；五观事义，考察作品运用典故成辞是否恰当；六观宫商，考察作品声律音韵是否和谐。通过这六个方面的考察，文章的好坏优劣就显现出来了。刘勰说"将阅文情，'先'标六观"，也就是说"六观"不是鉴赏的全部，而是鉴赏的开始，是"披文以入情"的"披文"阶段，然后才深入到对作品情理的领会。在公元 500 年的时候，能如此细致全面地阐述文学鉴赏问题，是很了不起的。

刘勰指出，鉴赏与创作即"观文"与"缀文"，是两个相反的过程。创作的过程是"情动而辞发"，先有情感萌动，需要表达出来，然后才形诸文辞；而鉴赏的过程是"披文以入情"，通过阅读、理解文章的文辞，进而体会作品的情理。刘勰相信通过文辞可以准确地理解作者的心思，就像沿着波浪可以追溯源头一样，通过文辞可以认识到作者的心志。葛洪曾说："文章微妙，其体难识。"（《抱朴子·尚博》）刘勰提示读者"深识鉴奥""玩绎方美"，深浸于文本之中，探寻其隐奥之义、幽微之旨。文学作品就像美丽的兰花一样，需要反复玩味，进入到文本内部去切身体味，才能真正领略其美妙，产生由衷的喜悦。苏轼《送安惇秀才失解西归》云："旧书不厌百回读，熟读深思子自知。"程颢所谓"优游玩味，吟哦上下"，近似于刘勰所言"玩绎方美"的意思。

刘勰以一种乐观主义态度认识文学鉴赏，认为鉴赏文学就像眼睛观察事物一样，只要心灵敏锐，文学内在的情理就可以清晰地认知。这一方面是因为他谈论的是广义的文学，以实用文体为主，这类文章以"达意"为目的，其作者意旨相比于

（元）王振鹏《伯牙鼓琴图》

故宫博物馆 藏

后世诗词更为显豁。即使是诗、赋这类文学性较强的文体，在六朝时候也追求"穷形尽相"，而不像后代诗词讲究"兴趣"，"含不尽之意见于言外"。因此，刘勰认为文学鉴赏只要"心敏"就可以做到"理无不达"，实现读者和作者的共鸣。

然而事实上，文学鉴赏要复杂得多，特别是诗词，古人早

已认识到"诗无达诂",后人也主张诗歌鉴赏是开放性的,读者人生经验的参与不仅是容许的,而且是必然的。宋人洪咨夔说:"诗无定鹄(鹄是箭靶子),会心是的(dì,箭靶的中心目标)。"(《易斋诗稿跋》)王夫之说:"作者用一致之思,读者各以其情而自得。"(《姜斋诗话》)谭献说:"作者之用心未必然,而读者之用心何必不然!"(《复堂词录叙》)这都是对读者再创造的肯定。在西方,法国现代诗人保罗·瓦勒里说:"诗中章句并无正解真旨，作者本人亦无权定夺。"刘勰"知音"论还没达到这样的认识。

2. 开源发流，为世楷式：
《文心雕龙》的典范地位及在海内外的影响

刘勰撰著《文心雕龙》也期盼知音。《序志》曰："茫茫往代，既沉予闻；眇眇来世，倘尘彼观。"遥远的过去，我未曾有名声；在悠悠来世，拙著或许能得到后人观览吧。《梁书》本传载："（书）既成，未为时流所称，勰自重其文，欲取定于沈约。约时贵盛，无由自达，乃负其书候约出，干之于车前，状若货鬻者。约便命取读，大重之，谓为深得文理，常陈诸几案。"沈约是他的第一个知音。刘勰入梁后曾任东宫通事舍人等职，或许就是得到沈约推荐。

正如鲁迅所言，《文心雕龙》"开源发流，为世楷式"（《诗论题记》），刘勰的文论思想融入后世的文学和文学理论批评史中，参与塑造了中国文学、文论的精神和品格。

敦煌唐写本《文心雕龙》残卷

　　隋唐时期，《文心雕龙》即已在文士间传抄。1899年在敦煌千佛洞石窟发现唐写本《文心雕龙》残卷，这是现存最早的《文心雕龙》写本，虽为残卷，在文字校勘上具有重要价值。魏征《隋书·经籍志》著录此书，姚思廉《梁书·文学传》首次为刘勰立传，李延寿《南史》因之。刘勰的文论观念也融入时人的相关论说中。隋唐人著述对《文心雕龙》多有征引，如刘善经《四声指归》引述刘勰论声律的文字，称赞其"理到优华"，辨析入微。徐浩《论书》引用刘勰《风骨》篇鹰隼、翚翟、鸣凤的譬喻，搬到论书法上。刘知几《史通》深受《文心雕龙》影响，多次征引和评述。一论文，一论史，二书相互补充。

刘勰对"饰羽尚画,文绣鞶帨"的近代文学的批评,并不能扭转当时文坛的风气,甚至到梁代还出现叙写宫廷生活的宫体诗。但是到了唐初,陈子昂批评齐梁间诗"彩丽竞繁,而兴寄都绝",感叹"汉魏风骨,晋宋莫传"(《修竹篇序》),提倡风雅比兴;初唐四杰之一的杨炯批评以上官仪为首的高宗龙朔年间宫廷诗人之作"骨气都尽,刚健不闻"(《王勃集序》)。陈、杨二人可谓是刘勰的异代知音,秉承刘勰崇尚"风骨"的文学观以矫正当时的诗文风气,发生了实实在在的作用。到了中唐,韩愈、柳宗元等提倡古文、反对骈体,以骈体写作的《文心雕龙》似受到忽略;但韩柳等提倡文以明道、文学复古,与刘勰多有相通之处。清人刘开就惊叹:"彦和之生,先于昌黎,而其论乃能相合。"(《书文心雕龙后》)之所以观点能够相合,是因为"势自不可异也"。文道关系是中国文学的核心,"文以明道"是一直贯穿中国文学史的重要命题,确立了中国文学的根据,塑造了中国文学的道德指向和现实品格。《文心雕龙》对于文道关系的确立具有重要的贡献。中唐时,日本僧人空海(法号遍照金刚)来中国留学,回国时带走一批唐人诗文理论著作,后根据这些文献编撰了一部《文镜秘府论》,大量珍贵的诗论资料赖以保存,其中不仅征引《文心雕龙》,一些论述也明显带有刘勰文论的痕迹。

宋代以后的公私书目和类书著录、征引《文心雕龙》已非常普遍，难以枚举。其中《太平御览》征引《文心雕龙》尤为繁多，可作宋本以校勘文字。宋初辛处信是最早给《文心雕龙》作注的，可惜原书已不存。著名文学家黄庭坚向后辈推荐说："刘勰《文心雕龙》、刘子玄《史通》此两书曾读否？所论虽未极高，然讥弹古人，大中文病，不可不知也。"（《与王立之》）宋代朝廷文书和士人日用交际的应用文多采用四六骈体，时称"四六文""四六体"，刘勰在《章句》篇就说过"四字密而不促，六字格而非缓"，四六句式长短最为适宜。

目前可知最早的《文心雕龙》刻本，刊刻于元至正十五年（1355）嘉兴郡学，是明清以来各种版本的祖本，具有重要的校勘价值。明代中后期雕版印刷兴盛，《文心雕龙》的刊刻和研究出现一个高潮。弘治十七年（1504）出版冯允中序刻本，嘉靖、万历、天启时期刊刻版本近二十种，不仅校订版本，还有王惟俭训诂、梅庆生音注、杨慎等批点的五色套印本；仅梅庆生音注本就校订出版了六次，可见《文心雕龙》在当时已经成为一门显学。它之所以能得到明代文人的普遍关注，有这样几

明万历三十七年刻梅庆生音注杨慎批点本《文心雕龙》

方面原因：

（1）明代前、后七子倡言复古，"文必秦汉"，与刘勰推重两汉文学是一致的。"前七子"之徐祯卿、"后七子"之王世贞和谢榛都提到刘勰此书。

（2）嘉靖年间文坛兴起一股以杨慎为代表的学六朝的风气，重视辞采之美，这部用骈体写作而带有六朝审美风尚的《文心雕龙》自然就应运而起，得到关注。吴中诗人黄姬水论诗歌性质曰：

夫诗本性灵，郁积宣吐，协之以咏歌之节，敷之以藻缛之文，而诗道备矣。故玄黄既分，万有莫丽，盈天地间声声色色，皆诗也。好鸟哀猿，咸成律吕；秋蓬春蕊，尽是英华。故曰：诗者，天地之心也。故诗之有靡艳，譬如车服之有朱毂，

女工之有丹绡也。奚必椎轮之是，而朱毂之非乎？奚必疏布之是，而丹绡之非乎？（《刻六朝诗汇序》）

这一段文字就是根据《原道》之"自然之道"论，提出"诗本性灵"。"诗者，天地之心也"，既强调诗歌抒情本质，又重视诗之靡艳，即形式辞采的美好。可见《文心雕龙》为明人之学六朝提供了理论依据。

（3）因为学六朝，连带引起明人对六朝诗文作品的重视。冯惟讷辑汉魏六朝之诗为《诗纪》，梅鼎祚辑汉魏六朝之文为《文纪》，张溥辑《汉魏六朝一百三家集》，他们自然会注意到刘勰，事实上他们三人都提到了《文心雕龙》。如冯惟讷《选诗约注序》曰："敷论变异，沿陈宗旨，则通事《文心》著其略。"肯定刘勰《明诗》篇之"原始以表末，敷理以举统"。张溥称赞刘勰之"嵇词清峻，阮旨遥深"八字是嵇康、阮籍诗之定论。

（4）明代论文重视"辨体"，出现了吴讷《文章辨体》、徐师曾《文体明辨》、许学夷《诗源辩体》等专门论文体的著作。因为挚虞《文章流别集》早已不存，刘勰可谓是辨体第一人，

《文心雕龙》第六至二十五篇详论各种文体，明人辨体之作无不征引刘勰的论断，或加以引申，或予以辨析。文辞以体制为先，古人不论创作还是批评，都重视辨别文体，足见刘勰对后代文学与文论的深远影响。

明代中后期出现了一股书画作伪风潮，这股歪风竟然刮到刘勰头上。《文心雕龙》元刻本之《隐秀》篇有残缺，明万历四十二年（1614）常熟钱允治作一跋曰："余从阮华山得宋本钞补，始为完书。"补了四百余字。钱氏所得宋本、所跋之本，均已不见；但他这一则跋语和所补文字，被同乡冯舒、冯班等人辗转过录于其他多种版本的天头地尾。曹学佺批、梅庆生校定本，前五次刊刻都没有《隐秀》补文，至天启二年（1622）第六次刊刻时补入钱氏四百余字，这是《隐秀》篇补文首次上板。清乾隆三年（1738）黄叔琳撰《文心雕龙辑注》，根据市面上的过录本再次补这四百余字，上板刊刻。其实他并非别有依据，都是源于钱允治之手。稍后《四库全书》总纂官纪昀首先指出补文乃伪作，他的理由是：

其书晚出，别无显证；其词亦颇不类，如"呕心吐胆"，似摭《李贺小传》语；"锻岁炼年"，似摭《六一诗话》论周朴语；称班姬为匹妇，亦似摭钟嵘《诗品》语，皆有可疑。况至正去宋未远，不应宋本已无一存，三百年后乃为明人所得。又考《永乐大典》所载旧本，阙文亦同。其时宋本如林，更不应内府所藏无一完刻。阮氏所称，殆亦影撰。(《四库全书总目·〈文心雕龙〉提要》)

所谓阮氏，即钱允治所称之阮华山。此后大多数"龙学"研究者都赞同纪昀，认为明人所补文字不可靠，只有个别学者例外，算是"龙学"史上一桩公案。

清代"龙学"继续长盛不衰。章学诚《文史通义·诗话》称："《诗品》之于论诗，视《文心雕龙》之于论文，皆专门名家，勒为成书之初祖也。《文心》体大而虑周，《诗品》思深而意远。盖《文心》笼罩群言，而《诗品》深从六艺溯流别也。""体大虑周"四字精到地概括了此书的特征，用今天的话说，即体系庞大、逻辑周全。清代"龙学"的代表性成果是黄叔琳的注与纪昀的评点。黄叔琳称赞《文心雕龙》为"艺苑之秘宝"，其《文心雕龙辑注》刊讹正误，征事数典，既充分吸

清乾隆六年养素堂刻黄叔琳辑注本
《文心雕龙》

中国国家图书馆 藏

龙谿精舍丛书本
《文心雕龙》

该本为李详对黄叔琳注的补正本

收前代的成果，也奠定了现代"龙学"校注的基础，乾隆六年
（1741）素养堂初刻，后来多次重刊，近人李详、今人杨明照等
都对之加以补注增订。纪昀于乾隆三十六年（1771）以黄注本
为底本加以批点，对刘勰的理论有深刻的洞见与独到的阐发，
如批《原道》曰："文以载道，明其当然；文原于道，明其本

然。"一语中的。

赋与骈文在清代都有复兴之势。《文心雕龙》为振兴赋体和骈文提供了理论根据，如李调元《赋话》、王芑孙《读赋卮言》、孙梅《四六丛话》都引述了刘勰的论断。赋与骈文之中兴，也促进了世人对《文心雕龙》的重视。

至道光年间，阮元在学海堂教育子弟，从《文心雕龙》"文笔"论引申出骈文正宗论，以与桐城派姚鼐等的古文派相对垒，夺取古文派的旗帜。刘勰的本意是"无韵者笔也，有韵者文也"，根据是否押韵来划分。骈体与散体之别，根据的是句式对偶与否，两者不是一回事。但是阮元等强行将它们组合到一起，近代进一步演化为纯文学与杂文学之争，"文"近乎纯文学，"笔"近乎杂文学。纯文学与杂文学的区别是实用性，有实用目的的为杂文学，超越实用功利的为纯文学，跟刘勰的原意相差甚远。但思想与理论往往就是通过这类解释和发挥而得到发展的。《文心雕龙》参与了文学观念从传统向近现代的转型。

《文心雕龙》是最早进入现代大学讲坛的文论专书。1914年，章太炎弟子黄侃进入北京大学讲授词章学、中国文学概论等

黄侃（1886—1935）

课程，以《文心雕龙》为教材，撰成讲义《文心雕龙札记》，是现代"龙学"的奠基著作，影响甚大。黄侃培养出范文澜、陈中凡、潘重规、程千帆等研究文学批评史和《文心雕龙》的名家，是现代"龙学"的祖师。现代"龙学"的另一奠基者是范文澜。他于1925年出版《文心雕龙讲疏》，1929年出版《文心雕龙注》，该书征引广博，辨析细致，阐释透彻，超轶前贤，启迪后昆，中华人民共和国成立后经过修订再版，是今人征引《文心雕龙》的主要版本依据。其实范文澜未见唐写本、元刻本，其书之正文文字依据清人黄叔琳本，并不可靠。后来刘永济、郭晋稀、陆侃如、牟世金、王利器、周振甫、詹锳、王运熙、周勋初、张少康等先生等在校勘、注释上倾注心力，取得成绩，进一步夯实了"龙学"的文献学基础。

1917年北京大学中国文学门课程改革，新设置文学概论，刘师培主张宜以《文心雕龙》诸书为主，认为黄侃所编《文心雕龙札记》尤适教学之用；而教授案提出："（文学概论）当道贯古今中外，《文心雕龙》《诗品》等书虽可取裁，然不合于讲授之用，以另编为宜。"表现出古今中西的分野。此后的高校文学概论课程多取材于西方，但《文心雕龙》依然是一些大学中文系的专业课程。

现代"龙学"一方面从自然文学观、情感文学论角度发掘《文心雕龙》能与现代理论对接的元素，另一方面从写作学、修辞学角度阐述《文心雕龙》对于文章写作的意义，大致呈现为两个角度：一是文学史的角度，在文化史、文学史的背景中探索刘勰的基本思想、其理论的本来面目。二是文艺学的角度，站在一定的理论高度探索刘勰的文论思想，并联系现代文艺学理论给予阐释，揭示其价值与意义。两者各有偏胜，分别取得了显著成绩，今天依然值得并存，以相互纠正与补充。

中国《文心雕龙》学会是国家一级学会，成立于 1983 年，四十多年来团结一代代"龙学"研究者，壮大"龙学"队伍，推动"龙学"发展。刘勰当年深情地说："文果载心，余心有寄！"（《序志》）中华文化的后人没有辜负刘勰的一片苦心。借

用明人华惊粹诗句来说："斯文如未坠，千载有知音。"（《岁暮
独坐书怀》）

  刘勰的知音已超越中国大陆，在中国台湾、香港、澳门乃
至日本、韩国和欧美都遍布"龙子龙孙"。20 世纪 50 年代后，
王梦鸥、廖蔚卿、李曰刚、张立斋、黄锦铉、王更生、王金凌
等学者将"龙学"的火种传播至台湾，在台湾各大学讲授《文
心雕龙》，培养了数代学人。饶宗颐、潘重规、徐复观、程兆
熊、黄兆杰等在香港设坛布道，讲授"龙学"。港台的研究能
做到传统学术路数和现代理论观念兼容并举，有其特色。

  国外"龙学"以日本最为发达。18 世纪初日本尚古堂以木
活字印刷《文心雕龙》，冈白驹于 1731 年对《文心雕龙》加以
训点。20 世纪，铃木虎雄、斯波六郎、吉川幸次郎、目加田诚、
户田浩晓、兴膳宏等都在大学开设《文心雕龙》课程并有研究
成果问世，主要是从翻译、校勘、阐释入手，重实证研究，与
中国学者的文献学、文学史角度较为一致。韩国的"龙学"起
步较晚，学者数量有限，崔信浩、李民树分别于 1975、1984 年
推出《文心雕龙》的韩文译本，奠定了该书在韩国传播的基础。

The Literary Mind and the
Carving of Dragons

BY LIU HSIEH

A STUDY OF THOUGHT AND PATTERN
IN CHINESE LITERATURE
Translated
WITH AN INTRODUCTION AND NOTES
by Vincent Yu-chung Shih

IN LITTERIS
LIBERTAS
1754·1893

New York Columbia University Press 1959

施友忠译《文心雕龙》书影
美国哥伦比亚大学出版社 1959 年印行

对于欧美读者来说，《文心雕龙》既难于小说戏曲，也难于古典诗文，接受起来相对较费力。起初是华人学者的外译，如施友忠最早英文全译此书，于 1959 年由美国哥伦比亚大学出版社印行，书名为 *The Literary Mind and the Carving of Dragons*，使得此书进入英语世界。1970 年华盛顿大学吉伯斯（Donald Arthur Gibbs）以论文《〈文心雕龙〉的文学理论》获得博士学位，该论文以艾布拉姆斯《镜与灯》的四要素说为框架，这种设计对刘若愚《中国文学理论》的阐释体系或有启发。2001 年，蔡宗齐在斯坦福大学出版社出版了 *A Chinese Literary Mind: Culture, Creativity and Rhetoric in Wenxin Diaolong*（《中国文心：〈文心雕龙〉中的文化、创作及修辞理论》)。其他语种，如意大利汉学家珊德拉有意大利语译本，西南交通大学外国语学院教授陈蜀玉 2010 年推出法文版。俄文全译版虽然未见，但是部分篇目已有俄译本。总之，随着中外文化交流更加广泛深入地开展，随着中国文化国际影响力的提升，《文心雕龙》将进一步走向世界；中国文学理论的智慧和精粹将为更多的人所理解、接受、发展和革新。相信《文心雕龙》的未来影响，会如泰山遍雨，河润千里。

后 记

中华经典的普及是与学术研究同等重要的工作，陈引驰教授主编"中华经典通识"丛书，普及中华优秀传统文化，可谓是功德无量的事业。我有幸参与其中，撰写《〈唐诗三百首〉通识》，忝列第二辑，受到广大读者的喜爱。

2024 年 4 月，我在苏州参加中国文学理论批评史教材编写会，会上大家讨论如何做好中国文论经典的教学和普及。因为我以前撰著的《文心雕龙精读》是给大学中文系本科生、研究生作教材用的，不适合普通读者阅读，便有意再撰写一本《〈文心雕龙〉通识》。与在座的陈引驰教授谈及，陈先生欣然接受，并转告中华书局上海聚珍的总编辑贾雪飞女史，就这样确定了此书的撰写。

真正要写好通识读物是不容易的，特别是像《文心雕龙》这样一部一千五百年前用骈文写成的理论著作。是原原本本地介绍给读者？还是设定适当的目标读者，联系当下现实问题，深入浅出地讲解其中的要义，以使读者确有收获？我选择的是后者，为大中学生和普通读者写一本向《文心雕龙》学习写作知识，把握中国文化和汉语汉字特点，提高写作能力的通识读物。写作过程中，与责编黄飞立先生等多次磋商，反复修改，最终定稿，以现在这个样貌呈现在读者面前。北京大学中文系博士生胡晨晖、张子阳同学为校对书稿花费了不少心力。这本书的出版，可说是集体协作的成果。

《文心雕龙》主要是针对古代骈体文而发的，但其中的作文道理则是古今相通的，即好文章应具有表现力与感染力。这里想对文章的表现力与感染力再说几句。（以下文字原载《光明日报》2025 年 5 月 13 日第 1 版，原题《好文章应具有表现力与感染力》）

文章的表现力源自它的意义世界。言合乎义，文行一致，名实相符，以坚实的义理和确凿的事实作基础的文字才有力量。

有表现力的文章能真切地传达作者深邃幽微的思想感情。"情深而文明"，情怀深切才能文采鲜明；但是常恨言语浅，不如人意深，言辞需要修饰润色，以增强表现力，彰显真实的内心世界。孔子说："情欲信，辞欲巧。"情欲信是目的，辞欲巧是手段，能把深切的情思真实地传达出来，这样的言辞才是巧妙的，有表现力的。

有表现力的文章须讲究逻辑性。荀子说："君子必辩。"辩说须合乎逻辑，战国文章的逻辑性相比之前的语录就明显增强。但是比起逻辑推理，人们更习惯于类比思维，当时的文章往往纵横捭阖，乍看之下气势压人，仔细辨析却站不住脚。今天我们写文章讲道理，目的是让不懂的人懂，让懂的人相信，就得逻辑合理严密，没有破绽。

表现力是感染力的基础，写文章不能以己之昏昏，而使人昭昭。"唯君子为能通天下之志"，如能写出人人心中欲言而不能言的思想情怀，令读者有实获我心之痛快，文章就有感染力。这就要求作者"时然后言"，抓住时机，中于时病而不为空言，表达天下人共同的关切。以天下人之心为心，写出的文章自然能感动人。写作不仅是信息传递，更是思想情感的交流。作者下笔时心中应该有个隐含读者，设身处地，换位思考，站在读者的角度体贴人心，这样的文章才能如麻姑指爪，搔着痒处。

　　表现力与感染力是言之为文的关键，超越骈散、纯杂、文白之争，是所有文章的共同要求。中国文化有慎言重文的传统，如今数字智能时代，人人都是写手，人工智能也加入了写作的行列，我们更要发扬慎重言辞的好传统，写有表现力、感染力的好文章。

周兴陆

乙巳孟夏于燕秀园二区